大江戸少女カゲキ団

三

中島 要

時代小説文庫

角川春樹事務所

目次

登場人物

芹《せり》

掛け茶屋「まめや」で働きながら、青物売りをしている母親と長屋住まい。かつては役者で市村座の舞台に立ったこともある父の万吉《まんきち》から、幼い頃に踊りや芝居の所作を叩き込まれていた。

才《さい》（才花《さいか》）

江戸屈指の札差「大野屋《おおのや》」の娘。恵まれた容姿を持ち、どんな習い事にも真剣に取り組む努力家。内心で世間体ばかりを気にする見栄っ張りな父に反発心を抱いている。

紅《こう》（花紅《かこう》）

才の幼馴染みで、江戸でも名が知られている魚屋「魚正《うおせい》」の跡取り娘。丸顔で父親に似た顔立ちから、才の美しさに憧れている。

仁《さと》（花仁《はなさと》）

大名家や寺院などに出入りする仏具屋「行雲《こううん》堂《どう》」の娘。色っぽい見た目に反して辛辣な物言いが多い。戯作好き。

静《しず》（静花《しずか》）

南伝馬町《みなみでんまちょう》にある薬種問屋《やくしゅどんや》「橋本屋《はしもとや》」の娘。身体が弱い上に極端な人見知り。仁の幼馴染み。

東《あずま》花《か》円《えん》

才たちの踊りの師匠。西川流の名取だったが破門され、田沼意次《たぬまおきつぐ》の力添えで自ら東流を立ち上げた。

大江戸少女カゲキ団《おおえどしょうじょかげきだん》 三

一

江戸っ子は、とかくせっかちだ。

人の話をよく聞かないので、喧嘩《けんか》口論《こうろん》は年中起こる。

その代わり勘違いだとわかったら、すぐに謝る潔《いさぎよ》さも持っている。「俺《おれ》が悪かった」「いや、俺のほうこそ」と頭を下げ合い、逆に意気投合してしまう。

ただし、それから間もないうちに、また言い合いになったりする。

そういう性分だからこそ、花火に夢中になるのだろう。

暗い夜空に輝き続ける月や星と違い、花火は一瞬で燃え尽きる。その派手さと潔さは、まさしく江戸っ子好みである。

しかも、花火は見物できる時と場所が限られる。毎年五月二十八日——川開きの両《りょう》国《ごく》には大勢の人が押しよせた。

大川端《おおかわばた》の船宿には一年前から屋形船の予約が入り、気取った料理屋は二階座敷から見える花火の美しさを自慢する。

ちなみに、金のない連中は人で混み合う橋の上か、東西の広小路《ひろこうじ》から夜空を見上げることになる。

特に橋の上の混雑はひどいもので、身じろぎさえままならない。それをいいことに娘の尻《しり》に触ったり、他人の懐《ふところ》にちょっかいを出す不届き者も現れる。貧乏人はどんなときも上だけを向いてはいられないのだ。

天明《てんめい》三年（一七八三）五月二十八日、芹《せり》は床几《しょうぎ》を埋め尽くす客たちを遠慮なく睨《にら》みつけていた。

西両国の掛け茶屋まめやは、花火見物の穴場として知る人ぞ知る店である。川開きの日は毎年昼過ぎから客が居座り、そのまま花火見物になだれ込む。

茶店は客の出入りが多くないと、思うように儲《もう》からない。

長居をされると困るのだが、床几に座ってゆっくり花火を眺めたい客の気持ちもよくわかる。そこで、店主である登美《とみ》は苦笑しながら大目に見てきた。

しかし、今年は朝から大勢で押しかけてきて、昼は持参の握り飯をてんでにほおばるずうずうしさだ。その間に注文されたのは、お茶とそのお替りだけ。

夕七ツ（午後四時）を過ぎたところで、芹の堪忍袋《かんにんぶくろ》の緒が切れた。

「夜の花火を見るために、朝から大勢で居座るなんてどういう了見よ。あんたたちのせいでちっとも儲からないじゃないか」

一応顔馴染《かおなじ》みの客だから、いままで文句をこらえてきた。しかし、物には限度というものがある。

客たちも商いの邪魔をしている覚えはあるのだろう。「こっちは客だぞ」と居直らず、おもねるような笑みを浮かべた。

「お芹ちゃん、そう怒るなよ」

「俺は去年八ツ（午後二時）過ぎに来て、床几に座れなかったからさ」

「こいつがそう言っていたから、今年は朝から来たんだって」

「いつもまめやを贔屓《ひいき》にしてるじゃねぇか。今日くらい大目に見てくれ」

「去年は両国橋の上から花火を見て、何度も足を踏まれて痛い思いをしたんだよ」

「俺は広小路で見物していたとき、掏摸《すり》と勘違いされてひどい目に遭《あ》った。あんな思いは二度としたくねぇ」

口々に言い訳を並べるが、こっちには関《かか》わりない話である。芹は眉間《みけん》にしわを寄せたまま、厳しい口調で言い返した。

「だったら、他の日に花火を見ればいいじゃないの。花火見物の混雑は今日が一番ひどいんだから」

川開きの間、花火は夜ごと打ち上げられる。こっちのもっともな言い分を客たちは鼻でせせら笑った。

「馬鹿言っちゃいけねぇ。最初の花火を見逃しちゃ、江戸っ子の名折れだぜ」

「それに今年は雨が多くて、この先何度花火が見られるかわからねぇしな」

「俺は昨日、近所の稲荷《いなり》で『明日は晴れますように』と祈ってきた」

「するってぇと、今日晴れたのはおめぇのおかげか」

「ああ、ありがたく思いなよ」

晴天祈願をしたという男が調子に乗って胸を張る。まるで悪びれない連中に芹はますます憤《いきどお》った。

いまさら言われるまでもなく、今年は晴れの日が少ない。広小路で商いをする者はもちろん、大工や棒手《ぼて》振り、百姓《ひやくしよう》だって日々「明日は晴れますように」と心の中で手を合わせている。

この先も雨が続いたら、ますますまめやの儲けは見込めない。それを承知で一日店に居座って、商いの邪魔をしているのか――芹の怒りがてっぺんに達したとき、店主の登美が顔を出した。

「お芹ちゃん、もうおよし。あと半刻《はんとき》（約一時間）もすれば日が暮れる。いまから追い出すわけにもいかないだろう」

「さすが、おかみさん」

「話がわかるぜ」

頼りになる味方が現れたと、客たちが一気に勢いづく。すると、登美は腰に手を当てて店先の床几を見回した。

「ただし、あんたたちは明日からしばらく来るんじゃないよ。少しは身を入れて稼業に励むんだね」

「おかみさん、そりゃ殺生《せっしょう》だ」

「俺たち貧乏人はゆっくり花火を眺めることもできねぇのかよ」

「見損なったぜ」

口々に文句を言い散らかすが、登美はまるで動じない。「見損なったのはこっちだよ」と顔馴染みの連中を一喝《いっかつ》する。

「貧乏人ならなおのこと、せっせと稼がないと駄目じゃないか。あんたたちは一日仕事を休んで、花火を眺めていられる身分かい」

床几に座っている客の多くは日銭稼ぎの貧乏人だ。一日仕事を休んだら、その分暮らしは苦しくなる。昼飯持参でお茶ばかり頼むのだって、懐が厳しいからだろう。

一方、登美は粗末ながらも茶店の女主人である。「女のくせにえらそうに」と、言い返す者はいなかった。

さすがの貫禄《かんろく》を前にして、みな恥じ入るように下を向く。芹はわずかに留飲《りゅういん》を下げた。

だが、何だかんだ言ったところで、登美は貧乏人に甘い。

その証拠に、今日だって朝から居座る連中を追い立てようとしなかった。明日も目の前の連中がやってくれば、すげなく追い返せないだろう。登美がそういう人だから、芹もまめやで働ける。

でも、お人よしも過ぎれば、自分の首を絞めるもの。おかみさんが甘い分、あたしがしっかりしなくっちゃ。

登美が知れば「お芹ちゃんに言われたかないよ」と笑われそうなことを考えるうち、お天道《てんと》様は西の空に姿を消した。辺りが闇《やみ》に包まれると、腹に響く大きな音が広小路に響き渡る。

「上がった、上がった」

「今年の花火はいつもより大きいんじゃねぇか」

「何べん見ても、きれいだなぁ」

「おっ、次はもっと高く上がったぞ」

今年最初の花火と共に、大きな歓声が沸きあがる。

芹も慌てて夜空を見上げた。

川開きの花火は八代将軍吉宗《しょうぐんよしむね》様が当時流行《はや》っていた疫病《えきびょう》を鎮《しず》めるため、また疫病で亡くなった人の鎮魂《ちんこん》のために打ち上げたのが始まりだとか。

夜の闇を切り裂いて天に上《のぼ》った火の玉が、あっという間に消えていく。それは死んだ人の魂《たましい》が昇天《しょうてん》するさまに見えなくもない。

花火って見ようによっては、大きな人魂《ひとだま》みたいだもの。だから、名君と誉《ほま》れ高い八代様は供養《くよう》の花火を打ち上げようと思ったのかもしれないね。疫病で死んだ人たちが迷わず成仏《じょうぶつ》できるように。

盛り上がる周囲とは裏腹に、芹は柄にもないことを考える。

次いで、我が身を振り返った。

さっきは怒りに任せて言いたい放題言ったけれど、自分だってまめやに迷惑をかけたばかりだ。居座る今日の客たちに、えらそうに言える立場だろうか。

にわかにばつが悪くなり、暗いを幸い、床几に並ぶ顔を盗み見る。すると、ひとり残らず目を輝かせ、口を大きく開けていた。

人は上を向くと、顎《あご》が下がる。芹は八代様に感謝しつつ、こみ上げる笑いを嚙《か》み殺した。

揃《そろ》いも揃って子供みたいな顔をしちゃってさ。これぞまさしく「閉まらない顔」っていうやつだね。

自分の顔は見えないが、他人の顔はよく見える。

いま両国にいる大勢の人の中で、花火ではなく他人の顔を見ているのは芹だけに違いない。

いい役者は人の顔をよく見ているものだ――芹にそう教えたのは、元役者の父、万《まん》吉《きち》だった。

――いいか、役者は台詞《せりふ》だけじゃねぇ、顔でも気持ちを伝えるんだ。悲しい気持ちを伝えるために、黙って涙を拭《ぬぐ》うこともある。だが、人は悔しいときや、怒っているとき、うれしいときにも涙が出らぁ。ただ泣いているだけじゃ、正味のところの涙の意味をちゃんと伝えられやしねぇ。役者は持って生まれた顔かたちより、作る表情のほうが大事なんだぞ。

とっくに父を見限っていても、かつて言われた言葉は沁《し》みついている。改めてそれを思い知り、芹は眉間を狭くした。

おとっつぁんは嫌いだけど、もっともなことも言っていた。他にも「型は身に付けてから破れ」とかさ。

人気の歌舞伎狂言《かぶききようげん》は、多くの役者によって繰り返し演じられる。そして次第に洗練されて、手本というべき型ができる。

だが、常に型通りに演じるのが最善とは限らない。その証拠に、稲荷町《いなりまち》から名題《なだい》役者に上《のぼ》りつめた中村仲蔵《なかむらなかぞう》は「仮名手本忠臣蔵《かなでほんちゆうしんぐら》」の五段目に登場する浪人、斧定九郎《おのさだくろう》を型破りに演じて評判を取った。

定九郎は早野勘平《はやのかんぺい》の舅《しゆうと》を殺し、おかるを売った代金の五十両を奪う悪党だ。その後、勘平に猪《いのしし》と間違われて撃ち殺されてしまう端役《はやく》で、以前は山賊のような衣装を着て演じられていたという。

仲蔵はそれに逆らい、本物の浪人よろしく黒羽二重《くろはぶたえ》の着流しで現れた。いかにも辻《つじ》斬《ぎ》りらしいその姿は、見ている客の度肝を抜いた。いまでは斧定九郎と言えば、黒羽二重と決まっている。

稲荷町から名題まで上りつめる役者はめったにいない。

父は幼い我が子によく言っていた。

――俺だってあのまま役者を続けていれば、いまごろは名題になっていた。芹坊は俺の子だから、必ず出世できるはずだ。

娘が一生女であることを隠したまま、花形役者として生きられる――父はそう本気で思っていたのか。何度となく噛みしめた苦い思いを振り払い、芹はハタと気が付いた。

歌舞伎役者は男だけ。

ならば、娘だけの少女カゲキ団は、そのものが型破りと言えないか。

そう思ったとたん、身体中《からだじゅう》がむずむずしてきた。

できれば、いますぐ稽古《けいこ》をしたい。

心行くまで稽古をして、見物客が唸《うな》るような芝居を見せたい。

だが、今日から三月《みつき》の間、芹に休みはない。いつもは暮れ六ツ（午後六時）で店じまいする広小路も、川開きの間は夜更けまで商いをすることが許されている。

次に東花円《あずまかえん》の稽古所に行けるのは、九月八日を待たねばならない。

一方、少女カゲキ団の他の面々、札差大野屋《ふださしおおのや》の娘の才《さい》、魚屋魚正《うおせい》の跡取り娘である紅《こう》、仏具屋行雲堂《こううんどう》の娘の仁《さと》、新たに加わった薬種問屋橋本屋《やくしゅどいやはしもとや》の娘の静《しず》は、いままで通り八のつく日の稽古を続ける。

いや、花円の都合さえ許せば、もっと頻繁に稽古ができる。ひとりだけろくに稽古もせずに、九月の飛鳥山《あすかやま》でうまく演じられるだろうか。いまさらながら不安になり、芹は下駄の先で地べたを蹴《け》った。

まめやで働き続けるために、一か八かで遠野《とおの》官兵衛《かんべえ》の錦絵《にしきえ》まで売り出したんじゃない。ようやく騒ぎが落ち着いて、元のまめやになったんだ。大事な書き入れ時に休むわけにはいかないよ。

頭ではちゃんとわかっているのに、心は駄々《だだ》をこねたがる。芹はまめやに迷惑をかける元となった杉浦屋《すぎうらや》の隠居《いんきょ》、善助《ぜんすけ》を恨めしく思った。

去年の暮れ、芹は成り行きで忠臣蔵の六段目「勘平切腹《かんぺいせっぷく》」を善助の前で演じて見せた。そして少女カゲキ団が評判になった後に、いきなり善助に呼び出されて「お芹ちゃんが遠野官兵衛だろう」と問いつめられたのである。

少女カゲキ団の面々は、自分を除けばみな名のある大店《おおだな》の娘ばかりだ。男の姿で芝居をしているなんて誰《だれ》にも知られるわけにはいかない。

そこで「遠野官兵衛は、あたしじゃない」と言い張って、善助も納得したと思っていたのに、

――あんたが遠野官兵衛を演じている人？

――きっと、そうよ。男みたいに背が高いもの。

知らぬ間に「遠野官兵衛を演じた娘がまめやで働いている」という噂《うわさ》が流れ、興味本位の娘たちが店に押しかけてくるようになった。

芹が「あたしじゃない」と訴えても、「正体を隠しているから、本当のことが言えないのね」と勝手に納得されてしまい、中には「試しに官兵衛の台詞を言ってみて」としつこく強請《ねだ》る娘もいたほど。

まめやの客にしてみれば、いい迷惑だったろう。茶店の手伝いを呼ぼうとすれば、芹に群がる娘たちに睨まれる。怒って声を荒らげれば、聞こえよがしに嫌みを言われた。

――嫌ねぇ、大きな声を出して。

――さっさと出ていけばいいのに。

――女の邪魔をするなんて、もてない男のすることよ。

目の前でこんなことを言われたら、普通の男は居たたまれない。女の客たちも騒々しさに辟易《へきえき》したのか、日に日にまともな客は減っていく。とうとう登美から「しばらく来ないで欲しい」と言われたときは、目の前が真っ暗になってしまった。

あのときは少女カゲキ団をやめたっていいとすら思ったのに……喉元《のどもと》過ぎれば熱さ

を忘れるってこのことだね。

当時の切羽詰《せっぱつ》まった気持ちを振り返り、芹はひそかに自嘲《じちょう》した。

迷惑な噂を消すためなら、何でもするつもりだった。それでも、師匠《ししょう》の知り合いである吉原《よしわら》の地本問屋《じほんどいや》、蔦屋重三郎《つたやじゅうざぶろう》から策を授けられたときは驚いた。

遠野官兵衛の錦絵を売り出せば、別人だと言い張れる——蔦屋にそう言われたときは、にわかに信じられなかった。

だが、出来上がった錦絵を見て、芹も納得した。絵師の北尾七助《きたおしちすけ》は憤怒《ふんぬ》の表情を浮かべた武士を見事に描いていたからだ。

よく見れば、目元や口元に芹の面影がないではない。それでも、これを見て「まめやの手伝いの娘だ」と断言できる者はいないだろう。

実際、錦絵片手に訪れた娘たちは、しつこく芹の顔と見比べていた。その後は二度と現れなくなり、芹は心から安堵《あんど》した。

ちなみに、遠野官兵衛と水上竜太郎《みずかみりゅうたろう》の錦絵は蔦屋の予想以上に売れたらしい。少女カゲキ団の名はいよいよ江戸中に知れ渡った。

だから、次の芝居は成功させたい。

そのためにもっと稽古がしたい。

芹の思いは切実だった。

少女カゲキ団の最初の芝居「再会の場」は、あくまで不意打ち。花見の茶番を思わせる男姿の娘芝居、しかもあっという間に終わったので粗《あら》が目立たなかったのだ。偶然酔っ払いに絡《から》まれたのも、うまく芝居を盛り上げてくれた。

しかし、次の「仇討《あだうち》の場」は世間の期待が高い分、当然見る目も厳しくなる。錦絵で次の芝居を告知していることもあって、九月の飛鳥山には多くの娘たちが押しかけてくるだろう。

それに恐らく、次が少女カゲキ団の最後の芝居になる。下手な芝居を披露すれば、名を汚してしまうもの。

芹は周囲の歓声を聞きながら、空高く上がっては消えていく花火を見つめた。

思えば、少女カゲキ団も花火のようなものだ。

生まれてすぐに消えてしまう一瞬の花と知ればこそ、江戸っ子はことさらもてはやしてくれたのか。

そんな物思いにふけっている間に花火は終わった。ずっと上を向いていた客たちは、下を向いて息を吐き出す。

「ああ、終わっちまったか」

「何だか喉が渇いたな。お芹ちゃん、茶をくれ」

「だったら、俺も」

「おい、勘定《かんじょう》だ」

夜空が静かになったとたん、次々に客の声が飛んでくる。芹は気持ちを切り替えて、

「はい、ただいま」と返事をした。


時刻が夜五ツ（午後八時）を過ぎても、大川端の料理屋や屋形船からにぎやかな音が聞こえてくる。灯《あか》りをつけてのお愉《たの》しみはこれからが本番らしい。

両国橋の上は人影もまばらになり、広小路の人出も花火のときの半分くらいになっていた。

ちなみにひと目でそれとわかるのは、広小路の店の灯りが辺りを照らしているからだ。月がなくとも提灯《ちょうちん》を持たずにすむのを幸い、浴衣《ゆかた》に懐手《ふところで》で伊達《だて》を気取る男のそばには、揃いの浴衣の女がいる。

しかし、二人はまめやの床几に目もくれず、さっさと通り過ぎてしまう。芹が客引きを諦《あきら》めて店の中に入ると、登美は竈《へっつい》のそばに腰を下ろしていた。

「いやはや参ったねぇ」

　今日の売り上げを数え終えたらしく、まめやの店主は疲れたような声を出す。芹はすかさずそばに寄った。

「おかみさん、明日からは暮れ六ツ前にお客を入れ替えましょう」

　幸いなことに夜空には星が瞬いていた。今日よりは少なくなるだろうが、明日も花火見物の人出でにぎわうはずだ。

　儲け損なった分を早く取り返さなくっちゃ――勢い込んで言ったところ、登美にかぶりを振られてしまった。

「あたしはそういうことをしたくない。茶店ってのは一服するところじゃないか。休んでいる客を追い出すなんて御免だね」

　登美の言いたいことはわかるし、芹だって本音はそうしたい。

　だが、いまのような売り上げが続いたら、困ったことにならないか。

　気を揉《も》む手伝いの気も知らず、登美は「そういえば」と話を変えた。

「成り行きで、新しい手伝いを頼むことになったんだ。明日にでも連れてきて、お芹ちゃんに引き合わせるから」

「それじゃ、あたしはお払い箱ですか」

　予想外の言葉に驚き、芹はうろたえた声を出す。

書き入れ時の今日だってちっとも儲からなかったのだ。いまのまめやに手伝いを二人も雇う余裕はない。

やっぱり、おかみさんはこの間の騒ぎに懲《こ》りていたんだ。また妙な噂が流れたらかなわないと、新しい手伝いを探したのか。

せっかく騒ぎを納めたのに、暇を出されてしまうなんて……。泣きたいような気分でいたら、登美が慌てて手を振った。

「ちょっと、早呑《はやの》み込みしなさんな。誰もお芹ちゃんをくびにするなんて言っていないじゃないか」

「でも」

「新しい手伝いと言ったところで、この先ずっといるわけじゃない。そうビクビクしなさんな」

改めて事情を聞いたところ、亭主に浮気された知り合いが登美の住まいに居候《いそうろう》をしているという。

本人は料理屋の仲居として住み込み奉公を望んでいるが、いまは出替わりの時期ではなく、住み込みの場合は雇うほうも慎重になる。そこで、宿代代わりにまめやで働いてもらうことにしたそうだ。

「その人はお澄《すみ》さんっていうんだけど、義理堅くてね。タダで厄介になるのは心苦しいっていうんだよ。うちも夏場は忙しいし、ちょうどいいかと思ってさ」

「……そうですか」

まめやは働きやすい店だが、残念なことに給金が安い。そういう事情があるのなら、この先ずっと手伝いを続けることはないだろう。芹は相手の事情を知ってほっとした。

それにしても、男ってのは本当にろくでなしばっかりだ。花火見物のためにこっちの商売の邪魔をしたり、女房がいながら浮気をしたり。

あたしは馬鹿な男に振り回されて、泣きを見るのはまっぴらだね。

内心舌打ちしていると、登美は何食わぬ顔で付け加える。

「だからさ、あんたはこれからも八のつく日は休んでいいよ」

「えっ」

「本当は川開きの間も高砂町《たかさごちょう》に通いたいんだろう。あんたがいないときは、あたしとお澄さんで何とかするから」

言われたことが信じられず、芹は耳を疑った。

登美は母の幼馴染みで、役者や芸人を嫌っている。芹が踊りを習おうとしたときだって、最初は反対したくらいだ。

その後、師匠である東花円の芸にかける覚悟を知り、表立って反対はしなくなった。だが、踊りの稽古のために仕事を休めと言い出すなんて思わなかった。

いまの言葉がおかみさんの本心ならうれしいけど……真に受けていいんだろうか。ここでうっかり喜ぶと、仕事をやる気がないと思われるんじゃ……。

なまじ迷惑をかけた後なので、登美の言葉を鵜《う》呑《の》みにできない。芹は稽古に行きたい気持ちを隠し、勢いよく首を左右に振った。

「おかみさん、あたしにはまめやの仕事が一番です。大事な仕事を休んでまで踊りの稽古に通うつもりはありません」

「でも、少女カゲキ団の次の芝居は九月なんだろう。三月も稽古を休んだら、さすがにまずいんじゃないのかい」

まるで明日の天気の話をするように、登美は軽い調子で言う。

芹の頭の中が真っ白になった。

「お、お、おかみさん、きゅ、急に何を」

驚きと焦りと恐怖が一度にまとめて襲ってきて、みっともなく舌がもつれる。血の気が一気に下がったせいか、呼吸もうまくできなくなった。

いまにも倒れそうな芹を見て、登美がぷっと噴き出した。

「何だい、江戸で大評判の娘芝居の看板役者がだらしない。この立派な錦絵が泣くってもんだ」

そう言って差し出されたのは、遠野官兵衛の錦絵である。

まめやに押しかけた娘たちはこの錦絵と自分を見比べ、芹が遠野官兵衛ではないと納得した。それなのに、どうしてばれたのか。

陸《おか》に上がった魚のように口をパクパクさせていたら、登美がからかうような笑みを浮かべた。

「ちょっと考えればわかることだよ。少女カゲキ団の役者は正体を隠しているんだろう？　本人そっくりな錦絵が出回れば、遠野官兵衛を演じた娘が困る。つまり、この錦絵と普段の姿は似ていないってことじゃないか」

こちらの狙《ねら》いを見透かされて、芹の顔がますますこわばる。無言で冷や汗をかいていると、相手はさらに話を続けた。

「錦絵が売り出された時期も気になってね。次の芝居が九月なら、八月の終わりに売り出せばいい。三月も前に売り出したんじゃ、移り気な江戸っ子はきれいさっぱり忘れちまうよ」

粗末な掛け茶屋であろうとも、登美は一人前の商人である。これまたもっともな言い分に芹はいよいよ追いつめられた。

だが、こっちも登美の見ている前で「あたしは遠野官兵衛じゃない」と、娘たちに言い張った手前がある。芹は懸命に辻褄《つじつま》を合わせようとした。

「おかみさん、考えすぎですよ。もっと早く売り出すつもりが、遅くなったんじゃありませんか」

「だったら、売り出す時期をもっと遅らせればすむ話だ。この半端な時期に売り出す必要はないだろう」

「………」

「そもそも、素人の娘一座がいきなり錦絵になるなんておかしいんだよ。三座《さんざ》の役者だって、錦絵になるのは人気の名題役者ばかりじゃないか」

さも楽しそうに語られて、芹は無言で目をそらす。肌に心地よいはずの涼しい夜風がやけに冷たく感じられた。

「これはあたしの勘だけど、少女カゲキ団の後ろにはよほどの金持ちがついているんじゃないかねぇ。でなきゃ、錦絵なんて売り出せないもの」

いいえ、金持ちの娘はいますけど、あたしたちの後ろには誰もいません――芹はうつむいたまま、心の中で返事をした。

「お芹ちゃん、あんたが少女カゲキ団の遠野官兵衛だね」

覚悟していた相手の言葉に、芹はごくりと唾《つば》を呑んだ。

これであたしも一巻の終わり？　おかみさんは役者が嫌いだったのに、一体どういうつもりだろう。

もし「その通りだ」と認めれば、次に何を言われるか。「八のつく日に休んでいい」と言ったのは、白状させる罠《わな》かもしれない。

だったら、嘘《うそ》をつきとおすか。

後ろめたさはあるものの、そのほうが安全だ。

あたしが遠野官兵衛だってことをおっかさんに知られたら、おとっつぁんの耳にも入ってしまう。少女カゲキ団の役者が大店の娘揃いと突き止められたら、あの男は強請《ゆす》りにかかるかもしれないわ。

まるで狂言の筋のような恐ろしい未来が頭に浮かぶ。芹は仲間を守るため、「違う」と口にしようとしたが、

――人生は長い。他人を信じられなかったら、どんなことでも行き詰まる。これを機によく覚えておきなさい。

不意に杉浦屋の隠居、善助の言葉がよみがえった。

あのときは目の前の年寄りに腹を立て、何を聞いても響かなかった。傷ついたような表情すら癇《かん》に障《さわ》るだけだった。

だが、あのときと同じことを再び繰り返していいのだろうか。芹は身を固くして息を詰める。

あたしがおかみさんの立場なら――ここで白状しなければ、きっとあたしに愛想を尽かすわ。さんざん面倒を見てやったのに、そんなに信じられないのかって。

善助に「お芹ちゃんが遠野官兵衛だろう」と問われたときは、どうしてもうなずけなかった。大事な秘密を打ち明けられるほど、相手を信用できなかった。

しかし、相手が登美ならば……信じてもいい。登美を信じられなければ、他に誰が信じられるだろう。

おっかさんはおとっつぁんが一番だけど、おかみさんは子供の頃《ころ》からあたしを心配してくれたもの。「九月の芝居を最後にする」と約束すれば、きっとわかってくれるはず。ついでに「おっかさんには言わないで」とお願いしよう。

口では厳しいことを言っても、登美は困った人を突き離せない。

それに母の人となりをよく知っている。口止めを頼むこっちの気持ちもわかってくれるに違いない。

芹はようやく覚悟を決めると、「すみません」と頭を下げた。

「おかみさんのおっしゃる通り、あたしが少女カゲキ団で遠野官兵衛を演じています。その錦絵は花円師匠と相談して、あたしの正体を隠すために売り出しました」

「やっぱり、そうだったのかい」

「でも、少女カゲキ団は九月の芝居が最後になると思います。どうか、そこまでは続けさせてください。この通りお願いします」

「ずっと続けると言われたら、どうしようかと思っていたけど……。それは他の子たちも納得ずくかい」

「はい、あたしが続けたくとも、仲間が続けられません」

こっちが本心から残念がっているのを感じ取ったに違いない。登美は笑いながらうなずいた。

「それなら、あたしも安心だ。九月の芝居が最後なら、いつやるのか教えておくれ。あたしも見に行くからさ」

拝み倒して頼む前に、あっさり許されて拍子抜けした。

どうやら、登美は初めから反対する気はなかったようだ。芹は訝《いぶか》しく思いつつも、大事なことを付け加える。

「あの、おっかさんにこのことは……」

「心配しなくても、黙っていてやるよ。お和《かず》さんが知ったら、いの一番であんたのおとっつぁんに教えに行くに決まっている。お芹ちゃんの足を引っ張るような真似《まね》はしないから、心配しなさんな」

胸を叩《たた》いて請け合われ、芹は安堵のあまりその場に頽《くずお》れそうになった。登美は苦い笑みを浮かべ、手元の錦絵に目を落とす。

「ここだけの話だけどさ。この錦絵を見て、ちょっとだけ川崎万之丞《かわさきまんのじょう》に似ていると思ったんだよ。やっぱり血は争えないねぇ」

錦絵の遠野官兵衛は前をハッタと睨みつけ、刀の柄《つか》に手をかけている。

自分の知る父とはちっとも似ていないけれど、舞台に立っていたときはこんな顔をしていたのか。

「お和さんはこれを見て、何か言っていなかったかい」

「おっかさんはこの錦絵を見ていないと思います。もし見ていたとしても、おっかさんにとって川崎万之丞は天下一の役者だもの。尻の青い小娘に似ているなんて意地でも思いませんよ」

一瞬ひやりとしたものの、すぐに思い直して返事をした。

少女カゲキ団のことを聞き、「よその娘が人前で男の恰好《かっこう》をしてちやほやされているのかい」と憤慨していた母のことだ。父と似ているなんて、絶対に認めないだろう。

「ああ、そうかもしれないね。お和さんもあの男のどこがそんなによかったのか」

登美は忌々《いまいま》しげに呟《つぶや》いてから、ふと思い出したように目を細める。

「それにしても、お芹ちゃんはたいした人気だね。まめやに押しかけてきた娘たちも目の色が変わっていたじゃないか」

「はあ」

「しかも騒ぎを鎮めるために錦絵まで売り出すんだから、恐れ入ったよ。あんたのおとっつぁんがこのことを知れば、歯ぎしりして悔しがるだろうさ」

「おかみさん、お願いですから黙っていてくださいよ」

いくら父が嫌いでも、それだけは本当にやめて欲しい。

芹がぎょっとして念を押せば、登美は「冗談だよ」と肩を揺らした。

二

六月八日の朝、才は出かける支度をしていた。

団扇柄《うちわがら》の萌黄《もえぎ》の振袖《ふりそで》に白っぽい麻《あさ》の帯を締め、裾《すそ》を上げてしごきを結ぶ。母が見れば、「地味すぎる」と言うだろう。

だが、いまは人前で目立つ恰好をしたくない。最後に鏡をのぞき込み、おかしなところがないか確かめた。

「この恰好なら、あたしが水上竜太郎だなんて誰も気付かないわよね」

自分しかいない部屋の中で、才は小声でひとりごちる。念のため懐から錦絵を取り出すと、いまの姿と見比べた。

地本問屋の蔦屋重三郎から「竜太郎と官兵衛の錦絵を売り出す」と言われたときは、胆《きも》を潰《つぶ》した。

妙な噂を立てられて困っているのは芹だけだ。その噂を消すために必要なら、遠野官兵衛の錦絵だけでいいだろう。

しかし、吉原の地本問屋はさすがに口がうまかった。何だかんだと丸め込まれて、才が演じる水上竜太郎の錦絵も売り出されることになったのである。

まったく、とんだとばっちりだと渋々絵師の前に立てば、思ってもみなかった注文まで飛んできた。

——竜太郎さん、捜し続けた仇《かたき》が目の前にいるんですよ。いま、どんな気持ちですか。

衣装をつけて立っていれば、絵師が勝手に描くと思っていた。

望んで描かれるわけではないのに、どうしてあれこれ言われるのか。

むっとしつつもそっぽを向かなかったのは、自分の前に描かれた芹が遠野官兵衛になりきっていたからだ。

ここで絵師の注文に従わなければ、役者としての力の差が錦絵にも表れる。それを避けたい一心で、才は不満を抑えて水上竜太郎になりきった。

幼馴染みの紅は出来上がった錦絵を見て、歓声を上げげた。遠野官兵衛は陰のある男前で、水上竜太郎は凛《りん》とした美少年だと。

確かに、芹の官兵衛は男にしか見えなかった。これなら狙い通り、芹が「あたしは遠野官兵衛じゃない」と言い張る拠《よ》り所《どころ》になるだろう。

対する水上竜太郎は華やかな振袖袴《はかま》姿である。頭に前剃《まえぞ》りはあるものの、女に見えないわけではない。

才は錦絵を見つめるうちに、だんだん不安が募っていった。

これを見て「大野屋の娘に似ている」と思う人がいたらどうしよう。

いえ、心配しなくとも大丈夫。あたしは世間から「よくできたお嬢さん」と思われている。おしとやかな蔵前小町《くらまえこまち》が、男の恰好で芝居をするなんて誰も思わないはずよ。

そんな揺れる思いも知らずに、紅は「一緒に錦絵を買いに行きましょう」と才を誘った。もちろんその場で断ったが、才はいままで以上に世間の目を気にするようになった。

ほとぼりが冷めるまで、錦絵とよく似た振袖は避ける。

地味な恰好を心掛け、出かける前に錦絵との違いを確かめる。

そんな努力の甲斐《かい》あって、いまのところおかしな噂が流れている様子はない。

耳の早い仁によれば、近頃は親に隠れて古着屋で袴を買う娘がいるという。

遠野官兵衛は真似できないが、水上竜太郎の真似は町娘にもしやすいらしい。男にしては短い丈ばかり売れているのが証拠だとか。

——きっと、少女カゲキ団が好きな娘たちが集まって、錦絵片手に竜太郎の真似をしているのよ。そのうちお才ちゃんの偽者が現れるかもしれないわね。

仁の言葉に紅は憤慨していたが、才はぜひとも偽者に現れて欲しいと思っている。

こっちは本物だと名乗り出る気はないのだから。

しかし、そんな願いもむなしく、偽者はひとりも現れていない。

やっぱり、人前で男の恰好をするのは憚《はばか》られるわよね。あたしだって最初は恥ずかしくて仕方がなかったもの。

親に隠れて袴を穿《は》くのと、人前で男の恰好をするのは訳が違う。才が錦絵を片手にぼんやりしていると、襖《ふすま》の向こうから声がした。

「お嬢さん、お支度はおすみですか」

「ええ」

兼《かね》だと思って返事をすれば、入ってきたのは女中頭の蔵《くら》だった。

才は持っていた錦絵を慌てて懐にしまったが、女中頭はさすがに目ざとい。すかさず驚いたような声を上げた。

「あら、お嬢さんが錦絵なんておめずらしい。それは近頃流行りの少女カゲキ団でございましょう。若い女中の中に持っている子がいましたけど、お嬢さんもお好きなんですね」

この古株の奉公人とは生まれたときからの付き合いである。才は動揺を押し殺し、何食わぬ顔で衿《えり》を直した。

「ちらりと見ただけで、よくわかったわね。本当は若い女中じゃなくて、おまえが同じ錦絵を懐に持っているんでしょう」

「あら、嫌ですよ。この歳《とし》で娘のような若い子にのぼせたりするものですか」

からかうふりで探りを入れれば、蔵は笑ってかぶりを振る。才は相手に悟られないよう、そっと安堵の息をついた。

男の懐に自分の姿絵があるのも気味が悪いが、自分の知り合いが持っているのも恐ろしい。何かのはずみで「お嬢さんに似ている」と気付かれたら大変だ。

「それにしても、妙な世の中になりましたねぇ。男の恰好をした娘一座が錦絵になるほど人気だなんて」

「世の中には女なんてつまらない、男に生まれたかったと思っている娘が山ほどいるわ。だからこそ、少女カゲキ団は若い娘に人気なのよ」

いつも思っていることなので、おのずと口調が強くなる。蔵は昔を懐かしむように目を細めた。

「あたしもそんなふうに思っていたことがありました。でも、いまは女でよかったと思っていますよ」

「どうして？　蔵が男なら、いまごろは番頭になっていたはずよ」

何かと注文の多い父ですら、蔵には一目《いちもく》置いている。才は本気でそう思ったが、女中頭は勢いよく笑い出した。

「とんでもない。あたしが男に生まれていたら、札差に奉公することなんて一生かないませんでした。女だから先代様に拾っていただけたんですよ」

蔵は江戸近在の貧農の子として生まれたという。口減らしのために、十歳で吉原に売られたそうだ。

「器量のいい子は六つか七つで大見世《おおみせ》に買われて、末は花魁《おいらん》になれるように芸事を仕込まれます。でも、あたし程度の器量じゃ年頃になるまで売れないのに、うちの親は待ちきれなくて女衒《ぜげん》に押し付けたんですよ」

貧乏人の子だくさんで、すぐに口減らしをしたかったのだろう。蔵は女衒のはからいで、客が取れる歳になるまで大見世の下働きをすることになった。

「もちろん、扱いはひどいもんでした。食事も寝床も与えられず、時には八つ当たりで足蹴《あしげ》にされて……あのままあそこで暮らしていたら、十六になる前に命を落としていたでしょうね」

蔵は毎日空《す》きっ腹《ぱら》を抱えて、台所の土間の端で寝ていたという。初めのうちは泣いてばかりいたけれど、憐《あわ》れんでくれる人は誰もいない。

だが、ひとりだけ――歳の近い禿《かむろ》が何かと気にかけてくれたという。

「禿になるくらいですから、その子は派手な目鼻立ちの見目よしでした。でも、おつむりのほうがあまりよくなくて……他の禿からいじめられていたみたいでね。仲間が欲しかったのか、余った食べ物をあたしに分けてくれたんですよ」

対して、蔵は見た目よりも頭がよかった。幼い二人がどうすれば生き残れるかを考えて、禿に知恵を付けることにした。

「その子が客や花魁に気に入られれば、あたしもおこぼれがもらえるでしょう。まず、その子から座敷の様子を聞き出しました」

客の名前に好きな酒と料理、好む遊びに話したことなど。だが、禿が答えられたのは、客の名前だけだった。

「吉原では『台の物』と呼ばれる仕出し料理が出されます。これが見た目は豪華なわりに、味はさっぱりって代物《しろもの》でしてね。舌の肥えた客はほとんど手を付けないので、その残りを女郎《じょろう》や禿でいただくんです」

とはいえ、客だって多少は箸《はし》をつけるはずだが、禿は何も覚えていない。そこで、蔵は聞き方を変えてみた。客ごとに「どの料理がたくさん残っていたか」と尋ねると、今度は答えられたそうだ。

「台の物の中身はあたしも知っていましたからね。残っていなかった料理は客が食べたってことでしょう。それを座敷で客に勧めろと言ったんです。うまい具合に『気の利く禿だ』と思ってもらえれば、もっけの幸い。ところが、禿は嫌だって言うんですよ。わっちの食べる分が減るって」

それでも何だかんだとなだめすかしてやらせると、蔵の考えは図に当たった。いままで「気が利かない」「ぼんやりだ」とこきおろされていた禿は、客から気に入られるようになったのだが、

「人気の花魁はさすがに一筋縄ではいきません。誰に知恵を付けられたと、禿を問いつめたんですよ」

客の前では菩薩《ぼさつ》のような花魁も、禿にとっては地獄の鬼より恐ろしい。容赦なく手を上げたり、煙管《キセル》を押し当てたりするからだ。

禿はすぐさま蔵のことを白状し、その話は楼主から先代大野屋の主人に伝わった。蔵は座敷に呼び出され、先代から「大野屋で働かないか」と誘われたという。

――おまえはなかなか賢いようだ。うちの店に来れば、読み書きも教えてやろう。

おまえにはそっちのほうが向いている。

大見世の幼い下働きをお堅い札差の奉公人にする——いかにも大野屋の主人らしい、ちょっとした酔狂である。

蔵は後先を考えず、その申し出に飛びついた。吉原から出られるなら、どんなところでもよかったそうだ。

「ですが、それを知った禿に恨まれましてね。最初からわっちを使って客に取り入るつもりだったのかって、摑《つか》みかかられましたっけ。あのときはただもうびっくりしましたけれど、いまになれば怒った禿の気持ちもわかります」

禿にとって、蔵は数少ない自分より下の人間だった。そんな相手にしてやられたと思えば、怒り狂うに決まっていると。

「その禿はそれからどうなったの」

「存じません。吉原の噂なんてここまで聞こえてきませんから」

そして大野屋の奉公人となった蔵は、下働きから女中、さらに女中頭へと出世した。

「これ以上の出世を望んだら、罰が当たります」と笑顔で言われ、才は言葉を失った。

「あたしが男だったら、先代様は気まぐれでも声をかけたりなさいません。札差の男衆は身元のしっかりした人しかいませんから」

読み書きはあとから学べるが、生まれは誰も変えられない。

札差は武士が相手の商いのため、他の店より奉公人の身元と躾《しつけ》にうるさい。女は商いに関わらないから、拾ってもらえたということか。

貧しくとも才覚があれば、男は成り上がれると思っていたのに。そういえば、おとっつぁんが連れてきた兼も女だわ。

父の時兵衛《じへえ》は引ったくりに足払いをかける兼を見て、その場で声をかけたと聞いた。男が目の前で同じことをしても、気にも留めなかっただろう。

女は男より損をしている。

ずっとそう思っていたが、例外もあったのか――と才が思いかけたとき、

「お嬢さんも十六におなりです。縁談も舞い込むようになりましたから、老婆心で言わせていただきます」

やけに改まった口ぶりで蔵が切り出す。才は思わず身構えた。

「……何かしら」

「持って生まれた身分や男女の別は、良くも悪くも変えられません。お嬢さんが大野屋の娘でなかったら、男だったらと考えるのは詮無《せんな》きこと。手の届かない夢は諦めて、早く大人になってくださいまし」

すべてを見透かすような物言いに、才の胸が大きく跳ねた。

別に、あたしが少女カゲキ団のひとりだと気付かれたわけじゃないわよね。考えすぎると、かえって墓穴を掘ってしまうわ。

こういうときは下手に言い返さず、話を変えてしまうに限る。才はかすかにうなずくと、思い出したように蔵に尋ねた。

「ところで、あたしに何の用だったの」

「ああ、うっかりしておりました。実は男衆の手が足りなくて、さっき届いた酒樽《さかだる》をお兼に運んでもらっているんです。すぐに終わると思いますから、お出かけはもう少し待ってくださいまし」

兼は女だてらに剣術ができるだけでなく、力も並みの男より強い。大野屋の酒は四《し》斗樽《とだる》のため、男か兼でないと運べない。

才は黙ってうなずいた。

兼を待っていたせいで、少し遅れて高砂町の稽古所に到着する。そこにはいるはずのない人がいた。

「どうしてお芹さんがいるの」

師匠に挨拶《あいさつ》するのも忘れて、才は驚きの声を上げる。居心地悪そうに肩をすぼめる芹の横で、東花円が笑いながら口を開いた。

「お芹がいたほうがいいじゃないか。全員揃って稽古ができる」

「それはそうですけど」

頭ではわかっていても、才は素直に喜べない。

――働かなくとも食うに困らないお嬢さんたちとは違う。

――川開きの間は、まめやに休みがない。

そうはっきり言ったのは、芹本人ではないか。次の芝居を九月にすることになったのも、芹の都合に合わせたからだ。

夏の間も稽古に来られるなら、あんなふうに言わなきゃいいじゃないの。こっちはお芹さんがいない間に、稽古をして追いつこうと思っていたのに。

つい非難がましい目を向ければ、芹が気まずげに目を伏せる。そして、「まめやの店主に遠野官兵衛だとばれてしまった」と言い出した。

「この時期に少女カゲキ団の錦絵が売り出されて、娘客が寄り付かなくなるのは都合がよすぎるって」

「そんなのただの偶然だって言い張ればいいでしょう。錦絵がきっかけでばれるなんて、藪蛇《やぶへび》もいいところじゃないの」

恐れていたことが起こってしまい、才の声が大きくなる。

官兵衛の錦絵でお芹さんだと見破られるなら、あたしだって危ないわ。ああ、蔦屋さんに何と言われても、きっぱり断るべきだった。

だが、いまになって後悔しても後の祭りである。怒りの収まらない才を花円が宥《なだ》めた。

「そうカリカリしなさんな。才花《さいか》はお芹と立場が違うよ」

「でも、お師匠《つしょ》さん」

「大野屋の娘はとびきりの出来物《できぶつ》だと、世間は思っているんだもの。男の恰好で芝居をする跳ねっかえりだなんて誰が思うもんかね。それに、見破られたきっかけは、錦絵の遠野官兵衛がお芹の父親に似ていたからだってさ。これぱっかりはあたしも考えが及ばなかった」

言い訳めいた師匠の言葉に才は目を瞠《みは》る。

芹の父親がかつて市村座《いちむらざ》の役者だったことは聞いている。幼い芹に芝居を教え、女であることを隠して役者にしようとしたことも。

その父親に似ていると言われて、芹は何と思ったか。

頭に上がっていた血が下がり、才は振り返って芹を見る。相手はさっきと同じ申し訳なさそうな顔をしていた。

「おかみさんはあたしの秘密を誰にも言わないと約束してくれました。その上で、川開きの間も八のつく日は休んでいいと言ってくれたんです」

その言葉を鵜呑みにはできないけれど、これ以上芹を責めても仕方がない。

遠野官兵衛と水上竜太郎の錦絵は江戸中に広まってしまっている。いまさら引き返すことはできないのだ。

ちらりと紅のほうを見れば、口を尖《とが》らせたまま何も言わない。きっと、自分が来る前にさんざん文句を言ったのだろう。才は「仕方ないわね」とひとりごち、仁は待ちかねたように口を挟んだ。

「こんなことなら、最初《はな》からそのおかみさんに打ち明けていればよかったのよ。そうすれば、次の芝居をもっと早くできたのに」

「お仁ちゃん、それは無理よ」

芝居のことだと、仁はやたらとせっかちになる。才が間髪容《かんはつい》れず待ったをかけると、

「どうして」と返された。

「あたしたちは三度目の芝居でも、お静ちゃんは初めてよ。男の立ち居振る舞いにこ

れから慣れることを考えれば、九月だって早すぎるくらいだわ」

ましで演じるのは大事な山場である「仇討の場」だ。あっという間に終わった「再会の場」とはわけが違う。

才は心の中で付け足してから、稽古場を見回した。

「ところで、お静ちゃんは今日も稽古に来ていないの？　本気で芝居をする気があるのかしら」

静は次の芝居で遠野官兵衛の友人、高山信介《たかやましんすけ》を演じることになっている。

しかし、十日前の稽古には芹と同じく来なかった。

仁にその理由《わけ》を聞いたところ、めずらしく親と一緒に出掛けたという。少女カゲキ団のことは親に内緒だから、その場は文句を呑み込んだだが。

新入りは誰よりも熱心に稽古をするものじゃないの。続けて稽古を休むなんて、どうかしてるわ。

さては、いざ人前で演じる段になって怖気《おじけ》づいたのか。

静はこの稽古場で「再会の場」を演じさせ、さんざんケチをつけている。今度は自分が悪《あ》しざまに言われると思い、二の足を踏んでいるのだろうと思ったら、

「心配しなくとも、今日はちゃんと来ているわ。奥で着替えをしているの」

「お静ちゃんが着替えって……高山の衣装をいつ用意したの」

紅も初耳だったようで、小さな目を見開いている。仁は得意げに胸を張った。

「あたしが古着屋で見繕ったのよ。鬘《かつら》もちゃんと誂《あつら》えたわ」

静を加えることに一番反対しておきながら、仁はひとりで新入りの支度を整えてやったようである。

でも、せっかく用意した鬘や着物が果たしてさまになるかしらね。あたしだって最初のうちはうまくできなかったもの。

おしとやかなお静ちゃんがいきなり男のように振る舞えるとは思えないわ。

高山は江戸詰め侍という役柄だから、羽織袴姿になる。町人の着流しより裾《すそ》を気にしなくてすむだろうが、一人前の武士には貫禄が必要だ。年下で細身の少女には荷が重いに決まっている。

才がすました顔の下で意地の悪いことを考えていると、襖が開いた。

「お師匠さん、支度ができました」

入ってきた人物に才は目を疑った。

「もしかして……お静ちゃん、なの」

他には考えられないが、信じられなくて語尾が震える。

相手は勝ち誇る様子もなく、「その通り」と返事をした。思わず隣を振り返れば、紅も大きな声を上げた。

「まるっきり別人じゃないの。男の恰好がここまで似合うとは思わなかったわ」

才もまったく同感だった。

身幅はさすがに足りないものの、背丈は思ったよりもずっと大きい。男髷《おとこまげ》の せいか、切れ長の目がやけに鋭く見える。袴を穿いて歩く姿も堂々としていて、どこから見ても立派な武士だ。

どうして、お静ちゃんはいきなりさまになるのよ。あたしはさんざんお師匠さんから「みっともない」と叱《しか》られたのに。

幼い頃から男の所作を仕込まれていた芹とは違い、静は自分以上の箱入り娘だ。多少背丈が高かろうと、男のように振る舞うのは今日が初めてのはずである。

ひそかに歯嚙《はが》みする才の前で、静は悠然と腰を下ろす。その動きがまた決まっていて、芹も感心した声を上げた。

「普通はもっとなよなよした動きになるんだけど……お静さんは、武士の立ち居振る舞いをひとりで稽古したのかい」

「ひとりじゃないわ。あたしと一緒に稽古をしたの。ねえ、お静ちゃん」

仁が横から口を出し、静は無言で顎を引く。才はそれでも納得できなかった。

「お仁ちゃん、いつどこでそんな稽古をしたのよ」

「もちろん、ここに決まっているわ。他のところじゃ、他人の目に触れるもの」

「だったら、あたしたちにも声をかければいいでしょう。二人だけでこそこそ稽古をするなんて水臭いわ」

才が思ったのと同じことを紅が代わりに口にする。言い合う弟子たちを見かねたのか、師匠が左手に白扇を打ち付けた。

「終わったことをごちゃごちゃ言いなさんな。新入りの静花《しずか》があんたたちより多く稽古をして何が悪いんだい」

師匠にそう言われてしまえば、さらなる文句は言えなくなる。才は仕方なく口をつぐみ、芹がじっと静を見ていたことに気が付いた。

「いくら稽古をしたと言っても、せいぜい二度か三度でしょう。お静さんは昔から芝居をよく観《み》ていたの？」

芹によれば、静の動きは大げさで、武士というより武士を演じる役者の所作に近いという。とたんに、紅が眉《まゆ》をひそめた。

「お静ちゃんは人が大勢いるところに近寄らないわ。客であふれる芝居小屋なんて足を踏み入れないはずよ」

「そうね。芝居だったら、あたしやお紅ちゃんのほうが観ていると思うけど」

「一番多く芝居を観ているのは仁だろうが、外出の少ない静よりはたくさん観ている自信がある。

才と紅の言い分に仁が異を唱えた。

「たくさん見るより、どこを見るかが肝心なの。お紅ちゃんとお才ちゃんは人気役者の顔ばかり見ていて、動きは見ていなかったんでしょう」

「何よ、それ。失礼しちゃうわ」

「それじゃ、お静ちゃんは昔から役者の動きをよく見ていたって言いたいの？」

憤慨する紅に続き、才も首をかしげる。では、静も昔から男のように振る舞いたかったのか。

そういえば、少女カゲキ団入りを反対するお仁ちゃんに、「どうしてあたしは男の恰好をしちゃいけないの」と食って掛かっていたわよね。

自分だって親の言いなりに生きるのが嫌で、束の間《つかま》でも男になりたいと思ったのだ。

静は幼い頃から窮屈な暮らしを強いられている。自由気ままに動きまわれる男に憧《あこが》れても不思議はない。

才はひとまず納得して、紅や芹と衣装を着替えた。稽古場に戻ると、仁から台詞《せりふ》の書き抜きを渡された。

「お芹さんが稽古に出られて助かったわ。役者が全員揃っているし、台詞の読み合わせをしましょう」

手の中の書き抜きの枚数を確かめ、才は思わず顔をしかめる。

三月にやった「再会の場」は、竜太郎と官兵衛の掛け合いが中心だった。しかし、「仇討の場」は、竜太郎の台詞が誰よりも多い。最初に官兵衛と、次に高山と掛け合いをして、最後に自害するからだ。

「お才ちゃん、わかっていると思うけど、この『仇討の場』はお才ちゃんの芝居にかかっているわ。しっかりやってちょうだいね」

狂言作者の期待のこもったまなざしが才の胸を重くする。

だが、仁の書いた狂言をやろうと言い出したのは自分なのだ。いまさら弱音は吐けないと、「頑張るわ」と返事をした。

この「仇討の場」は「再会の場」と同じく、水上竜太郎が仇の遠野官兵衛を見つけるところから始まる。今度は官兵衛がその場で果し合いに応じるという違いはあるが、竜太郎の台詞は似たようなものだ。

「さて、それじゃ稽古を始めよう。今日は台詞だけだけど、みな役の気持ちになって言うんだよ」

師匠の言葉にうなずいて、才は正座したまま最初の台詞を口にした。

「やっと見つけたぞ、遠野官兵衛。半年前は逃げられたが、今度こそ父の無念を晴らしてくれる。いざ尋常に勝負しろ」

前と違い、今度はここで刀を抜く。芹は才を一瞥《いちべつ》して、「わかった」と答えた。

「仇と追われて逃げ隠れするのも、いささか面倒になってきた。そろそろけりをつけるとしよう」

そして一呼吸置いてから、才が「父の仇、覚悟っ」と声を上げる。遠野官兵衛はそのまま討ち果たされて、息を引き取る。

仁が「はい、官兵衛が倒れました」と脇《わき》から言い、紅が焦って中間《ちゅうげん》の台詞を口にした。

「若様、お見事っ」

「お紅ちゃん、いまのはあんまりよ。喧嘩の見物人がヤジを飛ばしているようにしか聞こえないわ」

仁の手厳しい声に紅は口を尖らす。

「最初からうまくなんてできないわ。あたしにだけ厳しいことを言わないでよ」

「最初じゃないわ。お紅ちゃんは前にも中間為八《ためはち》を演じているでしょう。お師匠さんがおっしゃった通り、ちゃんと役の気持ちで言ってちょうだい」

自分の狂言にこだわる仁は容赦なく言い返す。二人が険悪になりかけたとき、花円が横から割って入った。

「ちょいと、花仁《はなさと》。官兵衛はもう死んじまったのかい。芝居が始まっていくらも経《た》っていないじゃないか」

「はい、官兵衛は初めから竜太郎に討たれるつもりでしたから」

仇が手向かいしなければ、仇討はすぐ終わる。自信たっぷりに語られて、花円がしかめっ面になる。

「理屈はそうでも、呆気《あっけ》なさすぎるだろう。人気役者が最初に死んじゃ、客ががっかりしちまうよ」

「でも、この芝居は」

「これだけ評判になったんだ。少女カゲキ団の芝居が仇討物だってことは見物客も承知だろう。だが、多くの客は遠野官兵衛見たさに飛鳥山に来るんだよ。目当ての役者がすぐに死んだら、芝居の途中でも帰っちまうかもしれないねぇ」

弟子の言葉を遮って、花円はこれ見よがしに嘆息する。

飛鳥山は満員の芝居小屋と違い、客は簡単にその場を離れることができる。官兵衛が死んだとたんに客が立ち去れば、その後も芝居を続けている水上竜太郎の立つ瀬がない。

才は恐る恐る口を開いた。

「あの、それを避けるにはどうすれば……」

「官兵衛が死ぬのをもっと遅くできないのかい。斬《き》られて息のあるうちに、高山が駆けつけるとか」

それなら官兵衛の台詞も増えて、娘客も満足するだろう。才はいい考えだと思ったが、仁は渋い顔をした。

「死に目に間に合った高山は官兵衛とどんなやり取りをするんですか」

「それは狂言作者の先生が考えとくれ。あたしは見物客の望みそうなことを代わりに言っただけだもの」

弟子の文句を軽くいなして、師匠は居並ぶ顔を見回した。

「とはいえ、この場で台本を書き直すこともできないだろう。今日はこのまま先に進むとしようか。次は、高山が駆け込んでくるところだね」

静は師匠と目が合うと、「はい」と答える。そして姿勢を正してから、腹から声を絞り出した。

「官兵衛……間に合わなかったか」

そのいかにも痛みをこらえるような声は、十五の少女のものではない。

振袖から羽織袴に着替えたとたん、声まで男らしくなるなんて……。意外な芸達者ぶりを見せつけられて、才は内心目を剝《む》いた。

お師匠さんはこういうところを承知して、お静ちゃんを少女カゲキ団に入れようとしたのかしら。

男の真似がしてみたかっただけの、あたしとは大違いだわ。

踊りなら静に負けないのに、男の芝居はこれほど差をつけられるとは。才は動揺してしまい、次の台詞を言うのが遅れた。

「ちょっと、お才ちゃん。なにぼんやりしているのよ。竜太郎の台詞を早く言ってちょうだい」

すかさず仁に叱られて、才は慌てて書き抜きを見る。「ごめんなさい」と謝ってから、気を引き締めて竜太郎の台詞を言った。

「あ、あなたはどなたです」

「拙者は南条藩《なんじようはん》江戸屋敷に勤める、高山信介と申す。そのほうが水上竜太郎だな」

ただの読み合わせにもかかわらず、眼光鋭く睨まれる。

才は怯《ひる》んで息を呑み、再び書き抜きに目を落とす。幸いなことに、次の台詞は中間為八になっていた。

「へえ、たったいま父上の仇、にっくき遠野官兵衛を見事討ち取ったところでござんす。ところで、高山様はなぜここに」

「官兵衛の住まいを訪ねたら、ここでおぬしと果し合いをするという書き置きを見つけたのだ。何としても止めたかったが、間に合わなんだ」

「お待ちください。私は今日たまたまここで官兵衛を見つけ、決着をつけることにしたのです。官兵衛があらかじめ書き置きを残すことなどできません」

これ以上、静にみっともないところは見せられない——才がむきになって言い返せば、相手は苦い表情でかぶりを振った。

「おぬしが自分を探して飛鳥山に来ることなど、官兵衛は先刻承知しておった。やつは最初から斬られる覚悟で、そなたの前に姿を現したのだ」

「なぜ……官兵衛殿はそんなことを……」

「仇を討ち果たさない限り、おぬしは国元に帰れぬからだ。本当に非難されるべきは、おぬしの父、水上竜之進《りゅうのしん》だというのに」

　忌々しさを隠さない、吐き捨てるような静の口調にあおられたらしい。紅の台詞にも気持ちがこもった。

「冗談もたいがいにしてくだせぇっ。遠野官兵衛は乱心して、うちの旦那《だんな》様を斬ったんですぜ」

「乱心ではない。水上竜之進は南条藩の禄《ろく》を食《は》む身でありながら、藩の秘密を幕府に密告しようとしていた。官兵衛はそのことを知り、殿と我ら藩士を守るために裏切り者の口を封じただけだ」

「ふん、馬鹿馬鹿しい。それが真実なら、やつの乱心は狂言だと？　そんな真似をしなくとも、藩のご重役にお知らせすりゃあすむ話じゃござんせんか」

「そうです。官兵衛殿とどういう仲か存じませんが、口から出まかせをおっしゃるのはおやめください」

　調子が出てきた紅に続き、才も腹から声を出す。すると、静はあからさまに見下すような目で才を見た。

「物わかりの悪いやつらだ。そのようなことをすれば、水上竜之進は切腹となり、おぬしは継ぐべき家を失うではないか」

そう告げる静の目には、はっきりと怒りがうかがえる。才は書き抜きで次の台詞を確かめた。

「……では、官兵衛殿は私のために乱心を装って父を斬り、いままた私に斬られたというのですか」

「ああ、そうだ。おぬしと藩を守るために、官兵衛は己の命を捨てたのだ」

冷ややかな台詞が稽古場に響き、気圧《けお》された才は顔を伏せる。そこで師匠の鋭い声が飛んだ。

「花仁、このあとの竜太郎の台詞がないのはどうしてさ。官兵衛の気持ちを知った竜太郎がいきなり自害したんじゃ、客がついていけないだろう。死を選ぶ胸の内をちゃんと言葉にしなくっちゃ」

「お師匠さん、お言葉を返すようですが、竜太郎は自分の恩人と言うべき官兵衛を誤って斬り捨てたんですよ。後を追って当然じゃありませんか」

「あんたにとっては自明のことでも、客にはわからないって言ってんだよ」

「だから、いちいち言葉で説明しろとおっしゃるんですか？　竜太郎は元服前でも武士の端くれ。己の過ちに気付いたら、言い訳なんていたしません。女々《めめ》しい言葉を並べれば、竜太郎の恥になります」

答える仁の言葉には、いやに力がこもっている。譲る様子を見せない弟子に師匠の目が冷たくなった。

「さすがに仏具屋の娘だね。お寺の釣鐘《つりがね》みたいに、頭が固くて空っぽだ」

「お師匠さん、いくら何でもその言い方は」

「言い方が何だってんだい。誰もが同じものを見て、同じことを考えるなら、勘違いや刃傷沙汰《にんじょうざた》なんて起こらないはずだろう。あんたは戯作《げさく》を読みふけっているくせに、そんなことも知らないのかい」

普段から辛《しん》らつな師匠だが、ここまで言うのはめずらしい。仁は言い返せないのか、睨むように花円を見る。

芹が見かねたように声を上げた。

「お仁さんの気持ちもわからないではないけれど、官兵衛が死ぬところと、竜太郎の自害は派手に盛り上げるところでしょう。このままあっさり二人が死ぬと、客は物足りないと思うけど」

その言葉は師匠の叱責《しっせき》よりも仁の心に響いたようだ。ややあって、仁は固い表情のまま師匠に頭を下げた。

「もう一度よく考えます」

「やれやれ、やっとわかったかい。次の稽古までに台本を直しておいで」

「はい」

今度は逆らうことなく、仁がうなずく。師匠がさも疲れたと言いたげに、ゆっくり首を回した。

「それじゃ、今日の稽古はここまでだ。どうせ、台詞が変わるんだもの」

「いえ、稽古を見ながら、どうすればいいか考えます。今日はこのまま読み合わせを続けてください」

「やれやれ、面倒だねえ」

ちょっと一服してくると、師匠が気だるげに立ち上がる。仁は歯を食いしばり、台本に目を落としていた。

ここは一言、落ち込む仁を励ましたほうがいいだろう。才が口を開きかけたとき、静が「お才ちゃん」と寄ってきた。

「下手な慰めを言うくらいなら、お才ちゃんが竜太郎の台詞を考えてあげなさいよ」

「えっ」

「竜太郎を演じるのはお才ちゃんだもの。お仁ちゃんより竜太郎の気持ちがわかっていて当然でしょう」

小さな声で耳打ちされて、才は驚き静を見る。すると、相手は蔑《さげす》むような目で才を見ていた。

「あたしが竜太郎を演じてあげてもよかったけど……おオちゃんは一人前の侍を演じられないでしょう。錦絵も売り出したことだしね」

前髪の若衆しか演じられない才と違い、芸達者な自分は竜太郎も高山も演じられると言いたいのか。

静がそばから離れた後、才は怒りのあまり両手を強く握りしめた。

これまでどんな習い事も他人に負けたことはない。常に誰よりも稽古を重ね、「一番上手」と言われてきた。

まさか、少女カゲキ団に入ったばかりの年下に虚仮《こけ》にされるとは思わなかった。

次の稽古では覚えてらっしゃい。

目にものを見せてやるんだから。

才の負けず嫌いに火がついた。

幕間《まくあい》一　静の怒り

人はなぜ己の幸福をありがたく思えないのだろう。

東花円の弟子たちは、揃いも揃って裕福な家の娘たちだ。何でも持っているくせに、他人の着物や持ち物を見ては、「あたしもあれが欲しい」「こんなのは嫌だ」とやかましい。

幼馴染みの仁だって、ため息混じりに愚痴をこぼす。

――あたしは女になんて生まれたくなかった。

――男に生まれれば、もっと自由に生きられたのに。

そう言って口を尖らせるのを見るたび、静は心の中で吐き捨てた。

――そんなに男がうらやましいなら、いっそ代わってあげたいよ。

道楽にもいろいろあるが、中でも金がかかるのは庭道楽だろう。

納得のいく庭を造ろうとすれば、手間と人手が際限なくかかる。それを承知でこだわるのは、庭持ちの大半が金持ちだからに違いない。

江戸は広大な武家屋敷や寺社地が多く、町人は狭い長屋住まいがほとんどだ。自分の庭というだけで、思い入れも強くなるのだろう。

南伝馬町《みなみでんまちょう》のある薬種問屋橋本屋でも、季節ごとに職人を入れて庭木の手入れを行っている。木蓮《もくれん》、ツツジ、紫陽花《あじさい》に南天《なんてん》――四季折々に咲く花はそれぞれ美しいけれど、静が一番好きなのは冬に真っ赤な花を咲かせる椿《つばき》である。

「お静さんは本当に椿が好きね。けれど、暮れのお稽古のときも椿が活《い》けてあったでしょう。たまには他のものも活けてごらんなさい。こちらのお庭にはいろんな花の木があるのですから」

天明三年一月、今年最初のお茶の稽古で、静は師匠から今年最初の小言を言われた。

橋本屋では娘を出歩かせる代わりに、芸事の師匠に出稽古を頼んでいた。

お茶の稽古は多くの道具が必要だが、橋本屋には炉《ろ》をきった座敷があり、道具もすべて揃っている。静はお茶の稽古のたびに床の間の掛け軸をかけ替えて、茶席にふさわしい花を活けていた。

椿は茶席でよく見る花だが、毎度同じでは手抜きと思われるらしい。静はおとなしく「わかりました」とうなずいた。

「椿の花は首から落ちるので、お武家様の中には嫌う方もいらっしゃいます。椿一本やりでは困りますよ」

付け加えられた言葉を聞いて、静は内心舌を出す。こっちはそれを承知の上で、椿を飾っているというのに。

そんな弟子の心も知らず、師匠は持参の風呂敷《ふろしき》包みを解く。そして恭《うやうや》しい手つきで古い木箱を差し出した。

「今日は今年最初のお稽古ですから、この茶碗《ちゃわん》で点《た》ててちょうだい」

箱書きのある木箱の中には、唐津《からつ》茶碗が入っていた。

色は濃い鼠《ねずみ》色で、素朴な模様が描かれている。箱から取り出す手つきがやけに慎重だったので、由緒正しいものだろう。

茶碗なら他にもあるだろうに、どうして唐津茶碗なのか。こみ上げる苛立《いらだ》ちを押し殺し、静はそっと目をそらす。

「お静さんも『一楽《らく》、二萩《はぎ》、三唐津』という言葉は聞いたことがあるでしょう。これは最近、知り合いの茶道具屋に頼み込んで譲ってもらったものなのよ」

「そのような立派な品をあたしのような未熟者がお稽古で使ってよいのでしょうか。せっかくのお心遣《こころづか》いですが、遠慮させてくださいまし」

「あら、お静さんは未熟なんかじゃありません。それに茶碗は使われてこそ、ますます趣が深まるものです」

そんなふうに言われてしまえば、重ねて断るのは失礼だ。新年早々ついていないと心の中でため息をつき、静はその茶碗を使って手前《てまえ》を始めた。

表向きは薬種問屋橋本屋の娘になっているが、静は佐賀鍋島家《さがなべしまけ》の先代当主の御落胤《ごらくいん》であるらしい。橋本屋の主人の妹が鍋島家の江戸屋敷で行儀見習いをしていたとき、当時の殿様のお手がついたと聞いている。

あたしが女のふりをやめられないのは、厄介な血を引くせいだ。せめて本当に女だったら、普通の町娘として生きられたのに。

唐津茶碗は鍋島の領地近くで作られていたはずだ。静は静かに茶筅《ちゃせん》を置くと、薄茶を師匠の前に置いた。

「どうぞ」

「頂戴《ちょうだい》します」

師匠は両手で茶碗を持ち、最後に音を立てて飲み干した。口をつけたところを懐紙で拭い、惚《ほ》れ惚《ぼ》れとした顔つきで茶碗を眺める。

「この茶碗で頂くと、一段とお茶の味が引き立つこと。お静さんも頂いてごらんなさい。私の言葉がよくわかるでしょう」

「……では、失礼いたします」

戻された茶碗に湯を注《つ》ぎ、静は自分の茶を点《た》てる。作法通りに飲み干すと、師匠に向かって頭を下げた。

「どうです、違いがわかりましたか」

「あいにく緊張してしまって……」

自信たっぷりに問いかけられて、静はあいまいに言葉を濁す。

中の茶の映り具合といい、手に持ったときの馴染み具合といい、なるほど名品だと思える茶碗である。

だが、作られた土地を思えば、正直に告げるのは癪に障る。あえてわからないふりをすれば、師匠はコロコロと笑い出した。

「橋本屋のご主人が風にも当てずに育てていらっしゃるだけあって、お静さんは本当に奥ゆかしいこと。器量がいいだけでなく、どこか悩ましげな風情《ふぜい》もあるし、きっと良縁に恵まれますよ」

「そんな……あたしなんて……」

「いいえ、いままで多くのお嬢さんに良縁を世話してきた私の目に狂いはありません。

お静さんも明けて十五になったのでしょう。そろそろ嫁入り先を真剣に考えなければいけませんよ」

娘弟子を抱える師匠の多くは進んで仲人《なこうど》をやりたがる。見事縁結びの神に収まれば、嫁入りの際はもちろん、その後も実入りが望めるからだ。

もちろん、男の静は嫁に行けない。今後縁談を持ち込まれても父がうまく断ってくれるだろう。

とはいえ、稽古のたびにあれこれうるさく言われるのも面倒である。静は恥じらうように顔を伏せた。

「あの、あたしの嫁入りは慌てなくていいと、おとっつぁんが」

「あら、どうして？　娘ざかりは短いものです。もったいぶっていると、後悔することになりますよ」

どうやら、師匠の頭にはすでに当てがあるようだ。気分を害したらしい相手に困ったような笑みを浮かべる。

「あたしは身体《からだ》が弱いですから……立派な家に嫁いでも、跡取りを産めるかどうかわかりません」

消え入りそうな声で告げれば、師匠がハッとしたように目を瞠《みは》った。十五の娘の口からそんな言葉が飛び出すなんて思っていなかったのだろう。すぐに「そんな弱気でどうしますか」と言われたものの、そこからは茶道具の話になる。静のかすかなため息は松風《まつかぜ》の音に紛れて消えた。

静はいま、自分が男だと知っている。

だが、六つまで「自分は女だ」と思っていた。

着物は赤や鴇《とき》色の女児物で、名前だって「静」である。母や乳母《うば》から「人前で肌を見せてはいけない」と口うるさく言われて育ち、店に来る客は静を見て「かわいらしいお嬢さんだ」と目を細める。

しかも橋本屋は内風呂があり、湯屋には行ったことがない。当然、男の裸は見たことがなかった。自分と母や乳母の身体が違っているのは、子供と大人の違いだと思い込んでいたのである。

けれども六歳の夏、母に連れられて墓参りをした帰り道で、静は行水をする子供たちを見た。

素っ裸の子供が大きな盥《たらい》に座り込み、水しぶきを上げている。いかにも涼しそうなその姿が心の底からうらやましかった。

静はそのとき、金魚に水草柄の着物を着ていた。

いくら見た目は涼しげでも、着ているほうは涼しくない。汗で襦袢《じゅばん》が身体に張り付き、うっとうしくてイライラする。

ああ、あたしもいますぐ着物を脱いで、あの盥に飛び込みたい。あの子たちだけずるいじゃないの。

そんな思いを抑えかね、静は口を尖らせた。

――女の子は人前で肌を見せたらいけないんでしょ。明るいところで行水をするなんて、あの子たちは恥ずかしくないのかしら。

わざと気取った口調で言えば、母の顔から血の気が引いた。

いまなら、静も母が青くなったわけがよくわかる。だが、当時は暑気あたりかと心配になり、駕籠《かご》に乗って家に帰った。

その晩、静は両親から本当のことを教えられた。

――おまえは私たちの子ではない。死んだ妹が産んだ子だ。

――男の子だと知られてしまえば、ここにはいられなくなってしまう。だから女の子と偽って育てることにしたのよ。

――できるだけ家から出さなかったのは、おまえが男であることを隠すためだ。これからも決して人に言ってはいけないよ。

思いつめた様子で言い募られ、幼心にも嘘や冗談ではないとわかった。墓参りに限って毎月のように連れ出されたのは、実の母を弔うためだったのか。

信じていたことがことごとくひっくり返されて、その場は何も言えなかった。だが、しばらくしてから聞きたいことがいろいろ出てきた。

本当の母が父の亡くなった妹なら、本当の父は誰なのか。

どうして、男であることを隠さないといけないのか。

両親に問いつめたかったが、自分は実の子ではない。聞き分けがないと思われて、嫌われると困る。

そこでこっそり乳母に尋ねると、驚きの答えが返ってきた。

――あたしも詳しいことは存じませんが、お嬢さんはさるお大名の隠し子だとか……。すでに代替わりをなすっているので、先代様の血を引く男子がいることは隠さなければならないそうです。このことがあちらに知られたら、お嬢さんの命が危ないと旦那様がおっしゃいました。

乳母は下町の火事で夫と乳飲み子の我が子を亡くしていた。そのため、静が乳離れしても橋本屋で奉公を続けていた。

――あたしはお嬢さんを我が子と思ってお育てして参りました。お嬢さんの身に何かあったら、あたしも生きてはいられません。お願いですから、これからも女として生きてくださいまし。

この秘密を知っているのは両親の他に限られた奉公人のみで、兄さえ知らないことだという。静は親しい乳母の懇願にうなずくことしかできなかった。

医者の原田芳安《はらだほうあん》が姪《めい》を連れて橋本屋にやってきたのは、それから間もなくのことだった。

――お仁は年のわりにしっかりしているし、下に弟がいますから年下の子の面倒を見るのは慣れています。お静ちゃんのいい遊び相手になるでしょう。

十五のいまでは病弱なんて名ばかりだが、幼い頃の静は真実身体が弱かった。かかりつけの医者だった原田は、当然静の秘密を知っている。

ちなみに姪は知らないと、あらかじめ母から言われていた。

――お仁ちゃんはお静を女の子だと思っているの。男だということは絶対に言ってはいけません。

嘘をつくのは後ろめたいが、「男のくせに女の恰好をしている」と思われるよりははるかにましだ。静は内心ほっとしながら、ひとつ年上の少女と顔を合わせた。

仁は最初「叔父さんに頼まれたから仕方なく」という態度を隠さなかった。静も秘密を抱えていたので、進んで親しくなろうとしたわけではない。

それでも二人だけで遊んでいれば、だんだん気安くなってくる。あやとり、折り紙、お手玉に双六《すごろく》——家の中でできる遊びをやり尽くすと、仁は橋本屋に通うのが面倒くさくなったのだろう。

突然「一緒に踊りを習わないか」と言い出した。

——高砂町のお師匠さんの稽古所は大店の娘ばかり通っているから安心だって、うちのおとっつぁんが言っていたわ。お静ちゃんは身体が弱いと聞いたけど、寝込むほどじゃないんだもの。踊りくらいできるわよ。

女の恰好をしていても、静は男だ。踊りに興味はなかったが、その誘いには飛びついた。仁が「東流《あずまりゅう》は出稽古がない」と言ったからだ。

踊りの稽古を始めれば、家から出られるようになる。

外に出れば、実の父が誰か探ることもできるだろう。自分が男だとわかったきっかけも、墓参りの帰り道のことだった。

おとっつぁんが家から出してくれないのは、あたしに都合の悪いことを知られたくないせいだ。何としても家の外に出られるようにならないと。

そんな下心を隠して「踊りを習いたい」と訴えれば、案の定両親に反対された。

「外は物騒だ」「何かあったら、取り返しがつかない」と二人がかりで止められたが、静は聞き分けのよさをかなぐり捨てて親に強請《ねだ》った。

――あたしだってみなと同じように踊りの稽古がしたい。秘密は絶対ばれないようにするから、稽古所に通わせて。

めったにない娘のわがままに両親は渋々折れてくれた。

ただし、稽古の行き帰りは二人の奉公人が付き添うことになり、実の父について探るという目論見《もくろみ》はなかなか果たせなかったけれど。

いざ稽古を始めると、踊りは静の性《しょう》に合っていた。

女だけの東流では、最初に男の踊りを教えられる。女が男の動きやしぐさを学ぶことで、自由に動く身体を作るためだという。

静が最初に教わったのは、滑稽《こっけい》な中間の踊りだった。袢纏《はんてん》に股引《ももひき》姿の間抜けな中間が殿様を捜してうろうろする。

――いいかい、この踊りは見ている人を笑わせないといけないんだ。大股《おおまた》でわざと音を立てて歩くんだよ。右手はこう、ひさしにしてね。

入門したばかりの弟子の中には、みっともない姿で踊ることを嫌がる少女も少なくないとか。

しかし、静は楽しかった。

踊っている間は誰憚《はばか》ることなく、男として振る舞える。

それがとにかくうれしくて、思いきり目を剥いて笑いを誘う。師匠は手を打って喜び、「お静は筋がいい」とほめてくれた。次いでカラスを追う百姓、仏に祈る僧侶《そうりょ》の踊りを教わると、あとは女の踊りばかりになった。

稽古にかこつけて男の真似ができないのは残念だったが、三味線《しゃみせん》の調べに合わせて身体を動かすだけでも楽しかった。

踊っているときは、自分であって自分ではない。

持って生まれた性別も血も棚に上げていられたから。

進んで稽古をしていれば、踊りは勝手に上達する。静は入門した翌年に、仁と共におさらい会の花の精に選ばれた。

仁によると、これは名誉なことらしい。「お静ちゃん、すごい」と喜んでくれたが、父は静がおさらい会に出ることを許さなかった。

東流のおさらい会には、娘の晴れ姿を見るために大店の主人が顔を揃える。用心深い養い親に「おまえは出るな」と諭《さと》されれば、逆らうことなどできなかった。自分が男と知られたら、橋本屋にも累《るい》が及ぶのだ。

しかし、そんな事情を知らない仁はひどく憤慨した。「橋本屋のおじさんに文句を言ってやる」と勢いよく駆け出したので、静は慌てて後を追い――すったもんだした挙句、男であることが仁にばれた。

原田芳安はこうなることも予想して、信用できる身内を静に紹介したのだろう。両親が青くなって口止めすると、仁は素直に承知した。

以来、二人は何でも言い合える仲になったが、

――ああ、あたしはどうして男に生まれなかったのかしら。女じゃ狂言作者にも、大夫元《たゆうもと》にもなれやしない。

仁からそんな台詞を聞くたびに、静は苛立ちを募らせた。
十三、四あたりから、仁の身体は目に見えて変化した。胸と尻が丸みを帯びて、すれ違う男たちの目を引きつける。静は互いの体型の違いが気になって、二人で出歩かなくなった。
幼いうちはいざ知らず、大人の男女は背丈も身体つきも違う。

その証拠に、静だってめきめき背が伸び出した。いずれ女の恰好が似合わないほど大きくなるに違いない。

武家の男子は十四、五で元服して一人前になる。前髪を落として月代《さかやき》を剃《そ》り、着物は振袖から小袖《こそで》に替わる。

果たして自分はいくつになれば、男に戻ることができるのか。両親に尋ねてみたけれど、はっきりした返事はなかった。

――いずれは顔にひげが生え、のどぼとけだって目立ってくる。あたしはいつまで嘘をつかなきゃいけないの。

思い余って泣きついても、両親は困った顔をするだけだ。実のところ両親も考えあぐねているのだろう。

いっそ、橋本屋の娘は死んだことにして、町人の男として生きればいいのか。

だが、読み書きはできても、世間知らずで手に職はない。己の力で己の口を養うことは難しい。

ならば一生養い親の世話になり、世間を欺《あざむ》いて生きるのか。静は日に日に追いつめられていき、踊りの稽古中に叱られた。

――何だい、そのへっぴり腰は。猫背で踊っているんじゃないよ。

少しでも背を低く見せようとして、猫背になっていたらしい。静が小さくなって謝ると、花円が意味ありげな笑みを浮かべた。

──小柄に見せたけりゃ、背や腰じゃなく膝《ひざ》を曲げてごらん。上背のある女形《おんながた》はこうやって背を盗むのさ。

師匠は着物の裾をまくり、自ら手本を示してくれた。膝や肘《ひじ》は着物で隠れるから、傍目《はため》には違和感なく小さく見える。

しかし、膝を少し曲げて背筋と腰を伸ばすのは身体にこたえる。すぐ音を上げた静に師匠は言った。

──今度芝居小屋に行き、女形の動きをよく見てくるがいい。女らしく動くには、強い足腰が欠かせないってわかるはずだよ。

女形の役者がみな立役《たちやく》より小柄というわけではない。女物の鬘をつければ、立役の役者より大きくなることはざらなので、多くは背を盗んでいるそうだ。

師匠の教えをありがたく聞きながら、静は内心首をかしげた。

踊りの稽古なら、「猫背になるな、背筋を伸ばせ」と叱るだけでよかったはずだ。なぜ、女形を引き合いに出したのか。

わざわざ背の盗み方を教えるなんて……ひょっとして、お師匠さんはあたしの秘密を知っているんだろうか。

問いつめたい気持ちに駆られたものの、余計なことをして藪蛇《やぶへび》になりたくない。相手の真意を確かめることができないまま、静はおとなしく家に帰った。

数日後、父に頼んで初めて芝居を見に行った。

昼間でも薄暗い芝居小屋の中は、異様な熱気がこもっていた。

常連客は花形役者が登場すると絶妙な間合いで声をかけ、女たちは黄色い声を張り上げる。周囲の興奮に圧倒されつつ、静は舞台を見守った。

こっちは生まれてからずっと女の芝居をしてきたんだ。

背を盗むのは役者のほうがうまいかもしれないが、女の真似なら、こっちが上に決まっている。

そんな静の自負は、舞台の上で生きている女の姿に打ち砕かれた。

静はもともと女のような顔立ちで、身体つきも華奢《きゃしゃ》だった。いままでは特に気を付けなくたって、ちゃんと娘に見えていた。

だが、女形の役者は一人前の男である。化粧をして背を盗み、しなをつくり、高い声を出す——素人が同じことをすれば見られたものではないだろうに、静の目にはきれいな女にしか見えなかった。

自分もこのままでは遠からず、見るに堪《た》えない女装になる。まだ振袖を脱げないのなら、橋本屋の娘でいる努力をするべきだ。静はそう決心したが、二六時中背を盗むのは大変なことだった。

ただでさえ豪華な振袖や帯は重く、半端に曲げた膝に負担がかかる。その上、身体には余計な力が入っていないように見せなければならない。おかげで踊りが上達したのは、怪我《けが》の功名というべきか。

その代わり誰もいないところでは、立役の気分で振る舞った。常に女として振る舞っていると、自分が何者かわからなくなる。

時に応じて、男と女を使い分ける――そんな自分に嫌気がさすこともままあった。役者だって舞台を降りれば、男として生きている。

この先、自分はどうなるのか。

日々やりきれない思いを募らせているとき、少女カゲキ団の噂を聞いた。女が男の恰好で芝居をするなんて、いかにも仁が喜びそうな話である。

もっとも、自分には関わりない。聞き流していたところ、ある日少女カゲキ団について書かれた瓦版《かわらばん》が手に入った。その芝居に登場する人物の名に覚えがあり、これは仁の書いた狂言だとすぐにわかった。

お仁ちゃんも思いきった真似をしたもんだね。

となると、役者もあたしの知り合いか。

主役の水上竜太郎は「振袖が似合う美しい若衆」と書いてある。これは十中八九、大野屋の才だろう。魚正の紅はいつも才と一緒だから、脇役《わきやく》の中間に違いない。

問題は仇を演じた役者だが、東流に男と見紛うような娘はいただろうか。静は相弟子の顔を思い浮かべ、そういえばと思い出す。

去年の暮れに突然師匠から呼び出され、背の高い新参の弟子が『京鹿子娘道成寺《きょうがのこむすめどうじょうじ》』を踊る姿を見せられた。

恐らく、あの子が遠野官兵衛だ。踊りは荒っぽくて感心しなかったけど、心は白拍子《しらびょうし》になりきっていたっけ。

何より、女にしてはかなり背が高かった。飛鳥山でもあの調子で、仇の浪人になりきっていたのだろう。

あたしの推量が当たっていれば、少女カゲキ団の黒幕はお師匠さんってことになる。お仁ちゃんに頼まれたのか、お師匠さんから持ち掛けたのか……どっちにしても親が知れば、大騒ぎだね。下手すりゃ、東流は潰されるよ。

静にとって、踊りの稽古は出歩くための大事な口実だ。厄介なことになったものだと、粗末な瓦版を握りしめた。

仁は昔から変わっていたが、生まれも見た目も極上の才や、魚正の跡取り娘までこんな企《たくら》みに加わるなんて……。二人も仁と同じように「男に生まれたかった」と思っていたのか。

おオちゃんたちは実の両親に、蝶《ちょう》よ花よと育てられているくせに。男には男の苦労があるんだよ。

恵まれていることを感謝せず、ないもの強請りを繰り返す。わがままな娘たちに腹が立ち、静は一言言いたくなった。

武家も商家も惣領《そうりょう》息子は、跡取りとして子供の頃から修業をする。次男三男はひとりで身を立てなければいけないので、さらに苦労が多くなる。

女のように甘やかされ、芝居見物や物見遊山《ものみゆさん》に明け暮れる暇などありはしない。仁だって仏具屋の跡取りなら、戯作《げさく》を読み漁《あさ》る暇などなかったはずだ。

挙句、戯《たわむ》れに男の恰好をして世間にもてはやされるなんて。その後は何食わぬ顔で親の選んだ相手と一緒になり、一生裕福な暮らしを送るのだろう。

こっちは心ならずも世間を騙《だま》し、後ろめたい思いをしているのに。親に隠れて好き勝手をしているあの子たちの得意の鼻を明かしてやる。

そして仁と才に脅しをかけて、高砂町の稽古場で少女カゲキ団の芝居を演じさせた。

その出来には正直言ってがっかりした。

ひと目見て夢中になった娘たちが飛鳥山に日参している——そう瓦版にあったから、さぞかし玄人《くろうと》はだしかと思っていた。

ところが、この目で見てみれば、どこがいいのかわからない。確かに才の若衆姿は美しいし、芹の浪人姿はさまになっている。この仇討ちはどうなるのかとも思ったが、芝居としてはあまりにもお粗末だ。

勢いさんざんこき下ろし、それを聞いた師匠から「少女カゲキ団に入れ」と言われてしまった。

——そこまで言うなら、静花はお芹よりうまい芝居ができるんだろう。ここはぜひとも、手本を見せて欲しいところだねぇ。

その言葉に慌てたのは、静より仁のほうだった。

男の静を娘一座に入れられないと思ったのか、仲間に加えると親にばれると思ったのか。仁は血相を変えて反対した。

——あんたは人前で男の姿なんてしちゃいけないんだから。

仁の叔父、原田芳安は鍋島家の御典医だ。静の秘密が明らかになれば、恐らく無事ではすまないだろう。

幼馴染みが静の身も案じているとわかっていた。それでも、その言葉を聞いた瞬間、怒りのあまり身体が震えた。

男が人前で男の恰好をして何が悪い。

女が男の恰好をするより、はるかにまっとうではないか。

――お仁ちゃんも男の恰好で人前で芝居をしたのに、なぜあたしはしちゃいけないの。

――あたしだって男の恰好をしてみたい。そう思っちゃいけないの？

人前でそう問いかけられれば、仁はもちろん答えられない。さらに才と紅が味方に転じ、静は少女カゲキ団に加わった。

「それじゃ、八ツ半（午後三時）まで好きにしてちょうだい。しつこいようだけど、このことはおとっつぁんに内緒だからね」

「はい、わかりました」

「お嬢さんこそ、あたしたちが踊りの稽古の間、出歩いているって旦那さんに言わないでくださいね」

「もちろんよ。あたしはあんたたちの味方だもの」

高砂町の稽古所の前で、静は供の女中に笑って請け合う。静より少し年上の二人は頭を下げて立ち去った。

かつては踊りの稽古の行き帰りも寄り道なんてできなかった。

だが、どんな箱入り娘だって、だんだん悪知恵がついてくる。いまでは供の女中に恩を売りつつ、ひとりになれるようになっていた。

かつての乳母は三年前に流行り病で亡くなっている。静の秘密を知る奉公人は、もはや番頭くらいだろう。従兄《いとこ》の義理の兄ですら、静が女だと信じている。

ずっと世間の目を恐れ、男であることを隠してきた。静が人前で侍を演じると知れば、両親は胆を潰すに違いない。

初めて羽織袴を身に着けたとき、見たことのない実の父と自分は似ているだろうかと考えた。

だが、九月の飛鳥山に鍋島の家臣がいたとしても、静は恐れたりしない。自分は少女カゲキ団の役者なのだ。

男が娘一座に入り、男の恰好をしているなんて誰も思わないだろう。

静は人知れずふふふと笑った。

三

世の中はとかく物騒だ。

貧乏人の子も出かけるときは、「暗くなる前に帰っといで」と親から言われる。人さらいは金持ちの子だけ目をつけるとは限らない。身代金が取れなくても、さらった子を人買いに売れば金になる。

まして大店の娘なら、親がもっとうるさいだろうと思ったが、

「お師匠さん、あたしはこれで失礼します。今日はありがとうございました」

六月八日の稽古中、八ツの鐘が鳴り出すと、静がいきなり手をついた。師匠は驚く様子も見せず、鷹揚《おうよう》にうなずく。

「ああ、もうそんな時刻になったんだね。ところで、帰り支度はひとりでできるのかい？　着物はともかく、髪を直すのは大変だろう。あたしが手伝ってあげようか」

静はいま男物の鬘をかぶっている。自分ひとりで長い髪を島田に結い直すのは大変だ。ありがたい申し出に、静は「お願いします」と頭を下げた。

「あたしも次の稽古から、みなと同じように鬘をかぶらないことにします」

着替えるだけの着物と違い、鬘は外してからが面倒だと、いまになってわかったらしい。師匠は笑ってうなずき、静を連れて稽古場を出ていった。

静がわざわざ本番さながらの恰好をしたのは、自分が男に見えることを少女カゲキ団の面々に見せつけたかったからだろう。芹は襖が閉まるのを見届けて、仁のほうへ振り返った。

「お静さんはもう帰るの」

「ええ、これから着替えて髪を直すとなると、ここを出るのは八ツ半くらいになってしまうもの。お静ちゃんにしては遅いほうだわ」

ことなげに言われた言葉に開いた口がふさがらない。

五つ六つの子供だって、七ツ過ぎまで遊んでいる。暮れ六ツの鐘が鳴り終わり、怒った親が迎えに来てからいやいや帰る子も多い。

ほんの少し前に昼餉《ひるげ》を食べ、午後の稽古を始めたばかりではないか。やる気にすっかり水を差されて、芹はしみじみ呟いた。

「大店の娘ってのは、大変だね」

お供が二人もついていながら、日の高いうちに帰るのか。静がひとりで行けるのは厠《かわや》だけに違いない。

そんな面倒くさい家の娘を、お師匠さんはよく少女カゲキ団に入れたもんだ。いくら男姿がさまになっても、お仁さんが反対するはずだよ。

芹は呆《あき》れ半分、師匠の度胸に感心する。少女カゲキ団の正体が表沙汰になれば、一番矢面に立たされるのは師匠のはずだ。

あの陰のある侍ぶりを見てしまえば、誘いたくなる気持ちもわかるけれど。どうせすぐに解散するから、ばれないと思ったんだろうか。師匠の胸の内を測りかねていると、仁が言った。

「ここまで親がうるさいのは、お静ちゃんくらいよ。うちのおとっつぁんなんて、てんでほったらかしだもの」

その声はいつになく疲れているようだった。今日は台本のことで師匠にいろいろ注文を付けられたからだろう。

才も仁の落ち込みを感じ取ったに違いない。めずらしく軽い調子で横から口を挟んできた。

「あたしに言わせれば、お静ちゃんもお仁ちゃんも極端すぎるわ。お芹さん、この二人が普通だなんて思わないで」

「お才ちゃんの言う通りよ。お静ちゃんは箱入り娘を通り越して鍵《かぎ》付きの金蔵に入っているみたいだし、お仁ちゃんときたら、ろくに習い事もしないで毎日戯作を読みふけっているんだもの」

紅もここぞと調子に乗り、さらに笑って付け加える。

「でも、お才ちゃんだって普通じゃないわ。非の打ち所がない娘として、世間に知られているんだから。少女カゲキ団で普通の大店の娘と言えるのは、あたししかいないわね」

芹から見れば、大店の娘はすべて特別だ。「普通の大店の娘」とは妙な言葉だと思ったが、楽しそうな紅にわざわざ言い返すのも大人げない。

あいまいにうなずくと、仁が片方の眉を撥《は》ね上げた。

「あら、それはどうかしら」

「何よ、あたしは普通でしょう」

仁がいつもの調子を取り戻し、紅がすかさず受けて立つ。才は苦笑を浮かべながら、二人のやり取りを眺めていた。

「魚正のおじさんが跡取り娘に甘いのは有名な話だもの。それにお紅ちゃんだって習い事をあまりしていないじゃない」

「あたしは婿《むこ》を取るから、嫁入り修業とやらが要《い》らないの。お仁ちゃんは弟がいるし、嫁に行かなくちゃいけないでしょう」

「ええ、習い事をしても、しなくとも、どうせ嫁に出されるわ。だったら、いまのうちに好きなことをしておかないと。お紅ちゃんこそ女を磨いて、いいお婿さんを捕まえないとまずいんじゃない？」

「おあいにくさま。魚正は活きが命の魚屋よ。魚屋の女房がお茶やお花をできなくたって困りゃしないわ」

「活きが命と言えば、魚正の夕餉《ゆうげ》の膳《ぜん》には決まってお紅ちゃんの好きな魚が載っているって聞いたわよ。やっぱり、跡取り娘は違うわねぇ。あたしの好物なんてめったに出してもらえないのに」

「う、うちは魚屋だから……それに、あたしひとりのためってわけじゃ……」

どうやら二人の言い合いは、仁に軍配が上がったようだ。

しかし、貧しい芹に言わせれば、どっちもどっちだと思う。

夕餉の膳に好物か。きっと、鯛《たい》とか、ぶりとか値の張る魚が出るんだろうな。魚正の跡取り娘が好んで食べる物だもの。

芹の尾頭《おかしら》付きと言えば、あじやいわしや秋刀魚《さんま》である。いまさらながら三人との隔たりを感じていると、呆れ声で才が言った。

「二人とも無駄話はそのくらいにして。早く稽古を始めましょう」

言われて、芹も我に返った。

登美は十日に一度休むことを許してくれたが、この先も必ず稽古に来られるという保証はない。まめやが客であふれたら、休まざるを得なくなる。

あたしには無駄にできる時間なんてありゃしない。お嬢さんたちの事情なんてどうでもいいわ。

芹は素早く気持ちを切り替えた。

「お静さんの髪を結い直すなら、お師匠さんはしばらく戻れないね。お仁さん、いまのうちにお師匠さんに言われたことを相談しよう」

とたんに嫌な顔をされたが、今度ばかりは仁ひとりに任せるのは心配だ。それに台本が決まらないと、稽古を進めることができない。

「一から十まで言葉で説明したくないお仁さんの気持ちはわかるけど、あたしもいまの台本は言葉足らずな気がするわ。名題役者は言葉に頼らず、気持ちを客に伝えられる。でも、あたしたちには無理だもの」

今日の稽古を見て仁もわかったはずなのに、ふてくされたようにそっぽを向く。師匠には「台本を直す」と言ったものの、本音は違っていたようだ。

「……お師匠さんやお芹さんの言いたいことはわかるわ。でも、高山が官兵衛の死に目に間に合ったら困るのよ」

「あら、どうして。いかにも娘客が喜びそうな流れじゃない」

静の侍姿は悔しいくらいに決まっていた。娘たちは初めて見る男ぶりのいい娘役者に興奮して、官兵衛とのやり取りを涙ながらに見守るだろう。

だが、仁は恨めしそうに芹を見た。

「官兵衛は竜太郎のことを思い、何も言わずに斬られたのよ。そこにすべてを知る高山が駆けつけてごらんなさい。官兵衛は最後の力を振り絞って、『余計なことを言うな』と口止めすることになるじゃないの」

高山が官兵衛の胸の内を伝えなければ、竜太郎は己の犯した過ちを嘆き、官兵衛の後を追って自害しなくなる。「それじゃ、困るの。『忍恋仇心中《しのぶこいかたきのしんちゅう》』にならないわ」と、仁が鼻息荒く訴えた。

「いまさら説明するのも野暮だけど、この『心中』には『胸の内』と『一緒に死ぬ』という両方の意味がかけてあるの。高山は官兵衛の胸の内を語り、竜太郎が後追いするように仕向けてもらわないとっ」

「そ、そう」

どうやら、わかりづらいこだわりが随所に詰め込まれていたらしい。狂言作者の剣幕に芹はぎこちなく顎を引く。

次いで、仁は才を見た。

「竜太郎が自害をする前も同じことよ。これは『忍恋』だから、いちいち言葉にしたりしないの。お師匠さんはてんでわかっちゃいないんだから」

「でも、作者の思いを察しないほうが悪い、野暮だと言っていたら、いい芝居にならないんじゃないかしら」

「えっ」

「いい芝居は誰が見たって面白いし、泣けるもの。ここはお仁ちゃんのこだわりよりも、客の立場で考えたほうがいいと思うわ」

もっともな才の正論にさすがの仁も押し黙り――やややして低く吐き捨てた。

「だったら、お才ちゃんが本当にいい芝居とやらを考えてちょうだい。さっきはお師匠さんの手前もあって書き直すと言ったけど、あたしは思い付かないわ」

なまじこだわりが強い分、すっかりへそを曲げたらしい。困った顔をする才を仁は横目で睨みつける。

「あたしだって本当は、見せ場の果し合いをたっぷりやって欲しかったのよ。でも、お才ちゃんが立ち回りなんてできないっていうから、簡単に終わらせるようにしたんじゃないの。こっちの苦労も知らないで、勝手なことばかり言わないで」

「ちょっと、その言い方はないでしょう。お才ちゃんは良かれと思って」

「だから、あたしに代わって考えてと言っているじゃない。お才ちゃんは賢いから、あたしよりいい台詞が浮かぶでしょうよ」

突然の仁の恨み言に紅はすかさず食ってかかる。それに仁が言い返し、才は二人の間でおろおろしている。

せっかく稽古をしに来たのに、どうしてこうなるのだろう。芹は舌打ちしたい気分になった。

師匠が戻ってくる前に、何とかこの場を納めたい。

だが、今度ばかりは仁も譲りそうにない。言い合いがこじれた挙句、紅や才が「少女カゲキ団をやめる」と言い出したら面倒だ。

台本をできるだけ変えないで、見せ場を作ればいいんだけど……お才さんはもちろん、あたしだって見物客を唸らせるような立ち回りなんてできないわ。

最初の芝居で酔っ払いに絡まれたときは、こちらが刀の柄に手をかけただけで向こうが怖気づいてくれた。

しかし、「仇討の場」ではそうもいかない。官兵衛は竜太郎に討たれなければいけないのだ。

「いい台詞が浮かばないのは、お仁ちゃんが狂言作者として未熟ってことよ。イライラするのはわかるけど、あたしたちに当たらないで」

「人聞きの悪いことを言わないでちょうだい。あたしはいまの台本が一番いいと思っているだけよ」

「そう思っているのはお仁ちゃんだけでしょう」

「何ですって」

「二人とも、お願いだから落ち着いて」

言い合う三人を尻目に、芹の目は襖に描かれた色鮮やかな扇に引き寄せられた。少女カゲキ団が踊りの一座なら、これほど揉めなかったろう。

お才さんは東流一の名取だもの。踊りに台詞はいらないし、お仁さんとお紅さんも喧嘩しなくてすんだはずよ。

芹は心の中で呟いて、次の瞬間目を見開く。

「そうよ、踊ればいいんだわ」

いきなり上がった大声に三人が驚きもあらわに振り返る。芹は得意になって三人の顔を見回した。

「お仁さん、踊りなら台詞を言わなくてすむじゃないの。果し合いはあたしとお才さんとお紅さんの三人で、自害の前はお才さんがひとりで踊り、言葉にできない胸の内を見物客に伝えればいい。それなら見せ場になるでしょう」

芹の頭の中には、踊る自分たちの姿がはっきりと浮かんでいた。

扇の代わりに刀を持ち、それぞれが死を覚悟して相手を見やる。

仇に迷いなく斬りかかる為八、心の片隅でいまも官兵衛を慕っている竜太郎、そして斬られるために間合いを計る官兵衛が、つかず離れず踊るのだ。そして三味線の音が絶えたとき、官兵衛は地に倒れ伏す。

その後、為八が「若様、お見事」と声を上げれば、竜太郎が討ち果たしたと見物客にもわかるだろう。

果し合いの緊張感はなくなるかもしれないけれど、仇として殺し合う竜太郎と官兵衛の悲しみは表現できる。これに勝る思案はないはずだ。

芹はひとり興奮しながら、自分の考えを説明した。

「前から『仇討の場』には音が欲しいと思っていたの。場を盛り上げたいと思ったら、やっぱり三味線は欠かせないわ。お仁さんもそう思うでしょう」

「……でも、仇同士がいきなり踊り出したら、変じゃないかしら」

名案だと思ったのに、予想に反して異を唱えられる。才と紅もためらいがちにうなずいた。

「三味線や鳴り物はあったほうがいいと思うけど、誰がやるの」

「果し合いがどんな踊りになるか、ちっとも想像できないわ。それに飛鳥山では踊りにくいんじゃないかしら」

三人で言い争っていたくせに、どうして急に意見が合うのよ。人の思案に文句を言うなら、代わる知恵も出してちょうだい。

芹はイライラと膝を叩いた。

「だったら、他にどんな手があるの。踊りだったら、お師匠さんがふさわしい曲や振りを考えてくれるでしょう」

「でも、三味線は誰が弾くの」

「もちろん、お仁さんよ」

他は芝居をしているから、わかりきったことではないか。当然のごとく言いきれば、仁の顔が引きつった。

「ちょ、ちょっと待って。急にそんなことを言われても、あたしは三味線なんて弾けないわよ」

そういえば、さっき紅が「習い事もしないで戯作ばかり読んでいる」と言っていた。芹は当てが外れてがっかりする。

「お才ちゃんなら弾けたのにね」

「ふん、お紅ちゃんだけには言われたくないわ」

懲《こ》りない紅は仁をからかい、間髪容れず言い返される。

ならば、頼める人はひとりしかいない。

「お師匠さんは引き受けてくれるかしら」

何でも甘えるようで気が引けるが、他に手はなさそうだ。仁はなぜか顔をしかめた。

「あたしたちが踊ってお師匠さんが三味線を弾けば、少女カゲキ団の正体が世間にわかってしまうんじゃない？」

「じゃあ、お仁さんはどうやって見せ場を作るつもりなの。言っておくけど、あたしとお才さんじゃ派手な果し合いなんてできないわよ」

芹が唸り声を上げたとき、勢いよく稽古場の襖が開いた。

「お芹、なかなか面白そうな話をしているじゃないか。あたしに詳しく話してごらん」

促されるまま自分の考えを打ち明けると、花円は楽しげに笑い出す。

「まったく、あんたときたら。ずいぶんこき使ってくれるじゃないか」

「……すみません」

実際、自分たちの手に余ることはすべて師匠頼みである。背中を丸めて頭を下げれば、「別に悪いとは言ってないよ」と涼しい顔で打ち消された。

「果し合いを踊りで表すってのは、いい思案だ。三味線は弾いてやるし、振り付けも何とかしてやるよ」

「ありがとうございます」

芹は喜んで師匠の申し出に飛びついた。だが、他の三人は困ったように目を見交わし、ややして仁が口を開く。

「お師匠さんが三味線を弾けば、少女カゲキ団の正体が世間にばれてしまいませんか」

「要はあたしだとわからなければいいんだろう。歌舞伎の黒子《くろこ》よろしく、顔を隠して弾いてやるって」

「でも、歌えば声でわかります」

「なら、歌わなければいいじゃないか。三味線だけでも踊れるだろう」

そこまで言われて、仁はようやく笑みを浮かべた。才と紅もほっとしたような顔をしている。

お師匠さんなら、必ずいい見せ場にしてくれる。これで悩みの種がなくなったわね。

芹が一件落着と思ったとき、師匠が意味ありげな目でこっちを見た。

「それにしても、お芹はいい度胸をしているね。入門したばかりのくせに、才花と一緒に踊ろうとするなんて」

その言葉を聞いた瞬間、芹の頬《ほお》が引きつった。

才は東流の名取の中でも一番の踊り手だ。二人で踊れば、嫌でも遠野官兵衛が見劣りしてしまうだろう。

だが、いまさら「踊りは嫌だ」なんて言い出せない。師匠だって乗り気だし、他にうまい手はないのだから。

湧《わ》きあがった不安と後悔を芹は強いて押し殺した。

「果し合いの場には花紅《かこう》もいるんだろう。さあ、どんな振り付けにしようかね。先に音を考えようか」

そう呟く師匠の表情はいままでになく楽しげである。さては、師匠も芝居の中に踊りを入れたかったのか。

こっちからお願いしたからには、どんなに難しい振りが付いても絶対にやり遂げなくちゃ。お才さんに負けるわけにはいかないわ。

遠野官兵衛が水上竜太郎より見劣りするなんてあってはならない。半人前の若衆に官兵衛はわざと斬られるのだ。

そこに高山信介が駆けつける――と考えて、芹は静の男姿を思い浮かべる。身体が弱いと聞いていたが、身体つきはしっかりしていた。

それとも立派なのは見かけだけで、実は病弱なのだろうか。気になった勢いで芹の口が勝手に動いた。

「お師匠さん、あの、お静さんは」

「元のお嬢さん姿に戻って帰ったよ。急にどうしたのさ」

不思議そうに聞き返されて、慌てて「何でもありません」とごまかした。本当は「お静さんは前からあんなに大柄でしたか」と聞きたかった。

でも、ここでそんなことを尋ねられても、お師匠さんだって困るわよね。あとでお仁さんに聞いてみよう。

芹がそう考えたとき、師匠が「さて」と手を打った。

「そうと決まれば、善は急げだ。いまから踊りの振りを考えるから、今日の稽古はここまでだよ。あんたたちはすぐにお帰り」

「えっ、そんな」

「お師匠さん、供の女中が七ツに迎えに来るんですけど」

「あたしもです」

いきなり帰れと命じられ、才は驚き、紅と仁は口を尖らせる。師匠は弟子たちに向かって鼻を鳴らした。

「あたしは少女カゲキ団のために、踊りの音と振り付けを考えてやるんじゃないか。心配しなくともあんたたちの女中が来たら、『稽古が早く終わったんで、初音《はつね》にいる』と伝えてやるよ」

弟子の行きつけの茶店の名まで師匠は先刻承知だった。

芹も本当ならまめやで働いている時分なので、まだ長屋に帰れない。四人はおとなしく着替えをすませ、稽古所を後にした。

「今日はいろいろ疲れたわ」

初音の二階に落ち着くなり、才が低い声で呟く。

芹はうなずき、三人の顔を見回した。

「ねえ、お静さんってずいぶん背が高いのね。もっと小柄で痩《や》せていると思っていたから、羽織袴があんなに似合うと思わなかった」

さっそく気になったことを口にすると、才と紅がうなずく。

「ええ、あたしも驚いたわ。意外と身幅もあったし」

「そうね。あたしもびっくりした。いつの間にあれほど大きくなったのかしら」

二人は子供の頃から静を見知っている。それでも驚いたというのなら、自分の目だけが節穴《ふしあな》ではなさそうだ。

芹が意を強くすると、仁が「当たり前よ」と声を上げた。

「あたしが男らしく見えるように、いろいろ教えてあげたもの」

「でも、言われてすぐにできるようなものじゃないでしょう」

ここにいる三人だって最初は四苦八苦していたのだ。芹が言い返すと、「お静ちゃんを見くびらないで」と仁に睨まれた。

「おさらい会には出ないけど、あれでも東流で指折りの踊り上手なんだから。役に合わせて身振りを変えるくらいお手の物だわ」

「あら、ごめんなさい。あたしはずいぶん苦労したけど」

同じく踊り上手な才は大股で歩けなくて苦労した。すねたような声を出されてしまい、仁は「お才ちゃんは最初着流しだったから」と言い訳した。

「お静ちゃんは初めから袴だから、大股で歩けたの。町人役をやらせれば、さまになるまでもっと時間がかかったはずよ」

言われて、才も少女カゲキ団の最初の稽古を思い出したらしい。「そうだったわね」と思い出し笑いをした。

「いま思い出したけど、お静ちゃんは中間の踊りが上手だったわ。だから、お師匠さんが少女カゲキ団に誘ったのかしら」

「ああ、最初に習うあの踊りね。お静ちゃんはおとなしそうな見かけに反して、ああいうひょうきんな踊りがうまいのよね。案外、お静ちゃんも昔から男になりたがっていたのかもしれないわ」

才と紅のやり取りに芹は耳をそばだてる。

自分は習わなかったが、東流では最初に男の踊りを習う。幼い少女が中間の恰好で踊る姿はさぞかしかわいらしいだろう。

小さい頃は男も女も見た目の身体つきが変わらない。いまより男の恰好がしっくりくるだろうね。

幼い静が中間になりきって踊る姿を思い浮かべる。芹が微笑《ほほえ》ましい気分でいたら、なぜか仁の口調がきつくなった。

「とにかく、あたしたちの芝居をさんざん貶《けな》してしまった手前、お静ちゃんはみっともないところを見せられないと頑張ったのよ。あたしの知らないところでもひとりで稽古をしたと思うわ」

仁はもっともらしく締めくくったが、芹は少々引っかかる。

静は親がうるさくて、なかなか出歩けないと聞いている。家の中では落ち着いて男の真似などできないはずだ。

それに男の所作がうまくなっても、背恰好は変えられない。自分の勘違いかと思ったけれど、才や紅も同じように驚いていた。

加えて、今日の静は月代のある鬘をかぶっていた。

長い髪を結い上げる娘と違い、男は額の上の髪がない。正面から見た場合、普段よりむしろ背が低くなるはずだ。

舞台と違って、履物《はきもの》で底上げもできないもの。背を盗むことはできても、その逆はできないはずなのに、お静さんはどんな手妻《てづま》を使ったんだか。

もし背丈を大きく見せる工夫があるなら、自分にも教えて欲しい。大女の芹でさえ、男としては「背が高い」とは言い難い。あと三寸（約十センチ）高く見せられれば、もっと見栄えがするだろう。

できれば、次の飛鳥山ではもう少し大きく見せたいのよね。でも、お静さんに聞いたところで、教えてくれるとは思えないし。

身体の厚みはさらしを巻くか、綿を入れた肌着を着ればいい。

しかし、背を高く見せるにはどうすればいいのか。顎をそらしたり、つま先立ちで歩くのは、傍から見ていてみっともない。

芹はじっと考え込み――ややあって、閃《ひらめ》いた。

背を伸ばすことはできないけれど、背を盗むことはできる。つまり、お静さんはもともとあたしみたいな大女だったんだ。

大きいほうが自慢になる男と違い、大女は肩身が狭い。

静はそれを隠したい一心で、常日頃から背を盗んでいたのだろう。師匠もそれを知っていて、少女カゲキ団に誘ったに違いない。

背の盗み方を教えたのも、お師匠さんかもしれないわ。男の恰好をしているときは、本来の背丈になったのよ。

そう考えれば辻褄が合う――芹は一瞬納得したが、すぐに自信がなくなった。

二六時中、膝を曲げているのは大変だ。そんな苦労をしてまで小柄に見せようとするだろうか。

お静さんはあまり家から出ないというから、家では背を盗んでいないのかも。お仁さんなら本当のことを知っているんじゃないかしら。

その証拠に静のことを話していると、必ず仁が口を出す。

芹が横目で仁をうかがえば、口達者な狂言作者はすましてお茶を飲んでいた。

四

才にしてはめずらしく、明日六月十一日は何の稽古《けいこ》も入っていない。うるさい両親も揃《そろ》って弔いに出かけていて、戻りは明日の夜になる。

こんな機会はめったにないと、才は胸を躍らせていつもより早く床に就いた。

紅を誘って両国に行き、芹のいる茶店に顔を出そうか。その後、東両国の回向院《えこういん》に行けば、何かしらめずらしいものが見られるだろう。

でも、いきなり二人で押しかけたら、お芹さんに嫌な顔をされそうね。へそを曲げられると面倒だし、柳原《やなぎわら》の古着屋をひやかして回ってみようかしら。

仁によれば、近頃《ちかごろ》は若い娘が古着屋で袴《はかま》を買っているという。袴を穿《は》くのは武家の男に限られる。一体何に使うのか。

きっと、自分で穿いて水上竜太郎の真似《まね》をしているのよ——としたり顔で言われてから、気になっていたのである。

このところ雨が多いけれど、明日はぜひとも晴れて欲しい。両親を気にせずに出かけられることなんて、一年のうちに何度もない。

そんな才の願いもむなしく、目覚めれば激しい雨が降っていた。この勢いでは一日中降り続きそうである。

「旦那《だんな》様と御新造《ごしんぞ》さんは今日中にお戻りになれますかねぇ。この天気じゃ舟も出せないだろうし、今夜もお泊まりですかしら」

才に朝餉《あさげ》の膳《ぜん》を差し出しながら、女中頭の蔵が首をかしげた。

さも主人夫婦を案じるように見せているが、本音はもう一泊して欲しいのだろう。鬼の居ぬ間に命の洗濯がしたいのは、蔵も一緒のはずである。

千住《せんじゅ》に住む元奉公人が亡くなった——大野屋にその知らせが来たのは、昨日の昼過ぎのことだった。亡くなった男は二十年も前に暇を取ったが、父は子供の頃ずいぶん世話になったらしい。

ひとりで弔いに行こうとした父に、母は自分も行くと言い張った。

——旦那様がお世話になった方ならば、あたしにとっても恩人です。一緒に最後のお別れをさせてくださいまし。

殊勝《しゅしょう》な妻の言葉にほだされたのか、両親は連れ立って出かけていった。才は内心喜びながら、少々訝《いぶか》しくも思っていた。

何かとうるさい母が留守にするのはありがたい。

だが、亡くなったのは、ろくに知らない元奉公人だ。夫婦揃って出かけるほどでもあるまいと思っていると、蔵が答えを教えてくれた。

——御新造さんは旦那様をおひとりで千住に行かせたくなかったんでございましょう。あそこは品川《しながわ》と並ぶ色町ですからね。

大きな宿場《しゅくば》には必ず宿場女郎がいる。

品川が東海道《とうかいどう》第一の宿場町なら、千住は日光街道《にっこうかいどう》第一の宿場町だ。どちらも江戸から近いため、吉原や深川《ふかがわ》に飽きた江戸っ子が普段から足を延ばしているという。

しかし、母は父の妾《めかけ》にも盆暮れの挨拶《あいさつ》を欠かさない。一夜の遊びに目くじらを立てたりしないだろうと言い返せば、蔵はまるで口寄せの巫女《みこ》のように厳《おごそ》かに告げた。

——お嬢さん、どんな男でも魔が差すことがございます。子供の頃に世話になった奉公人が亡くなって、さすがの旦那様も物悲しいお気持ちになっていなさるはず。凄《すご》腕《うで》の女郎と行き合えば、深間にはまるかもしれません。

吉原の下働きだった相手にそう言われると、そんなことはないと言いきれない。案外、母にも同じことを言って、不安をあおったのかもしれなかった。

才だって本音は両親にもう一泊して欲しいが、今度の千住行きは予定外の出来事だ。父としては一刻も早く江戸に戻り、脇《わき》に置いた用事を片付けたいに決まっている。舟が駄目なら酒代《さかて》をはずみ、駕籠《かご》で帰ってくるだろう。

豪商、大野屋時兵衛は、とにかく忙しい。

札差《ふださし》同士の集まりや大名、旗本《はたもと》のご機嫌うかがい、近頃流行《はや》りの狂歌《きょうか》の会に贔屓《ひいき》にしている役者の舞台、さらには季節ごとの催しにも頻繁に招かれる。

店の商いだって番頭任せにはできないが、周囲にせわしないところを見られては、粋者《すいじゃ》の沽券《こけん》にかかわる。表向きは涼しい顔で余裕のあるふりをしている。

そういう意味では、おとっつぁんも役者よね。慌ただしい楽屋裏は決して人に見せないもの。江戸っ子にやせ我慢は付き物だしね。

才は朝餉をすませると部屋に戻り、簞笥《たんす》の奥に隠してある「仇討の場」の書き抜きを手に取った。

両親がいないこの時間を無駄にするのはもったいないが、出かけるつもりだったのでやる気が出ない。やむして隠し場所にしまい直した。

お師匠《しょ》さんの振り付けは次の稽古に間に合うかしら。

血なまぐさい果し合いや自害を踊りで表そうというんだもの。さすがのお師匠さんも手こずるかもしれないわ。

東流では最初に男の踊りを教えるとはいえ、多くは女の踊りである。いつもと勝手が違うので、師匠も他の弟子に稽古をつけながら頭を悩ましているだろう。

でも、お芹さんの思案に進んで乗ったのはお師匠さんだもの。きっと、見物客が喜ぶ振り付けを考えてくれるに違いないわ。

才はどんな踊りでも、芹に負けない自信がある。

去年の暮れのおさらい会で師匠と『京鹿子娘道成寺《きょうがのこむすめどうじょうじ》』を踊り、一皮むけた手ごたえがあった。

男らしい芝居をするのと、男の踊りをするのは違う。自分を虚仮《こけ》にした静にも目にものを見せてやらなければ。

鼻息荒く思ったとき、暗い空に光が走った。

すぐに耳をつんざく音が続き、才は悲鳴を上げかける。蔵が足音もけたたましくやってきた。

「桑原《くわばら》、桑原。お嬢さん、大丈夫でございますか」

「え、ええ、あたしは大丈夫。それより、雷はどこに落ちたの。音からしてこの近くのようだけど」

落雷は時に火事を呼ぶ。

おとっつぁんたちがいないのだから、あたしがしっかりしなければ――気を取り直して尋ねると、女中頭は笑い出した。

「ついこの間まで、雷が怖いと震えていらっしゃったのに。この調子なら、おひとりでも大丈夫でございますね」

どうやら、雷嫌いの才を案じて様子を見に来てくれたらしい。才は口を尖《とが》らせて
「当たり前でしょ」と言い返した。

「あたしだっていつまでも子供じゃないわ。お蔵は心配しすぎなのよ」

「それを聞いて安心いたしました。では、失礼いたします」

蔵が部屋から出ていくと、再び雷の音がした。

今度はさっきより遠いようだが、雷の落ちる大きな音がするたびに身がすくむ。才

は両手で耳をふさぎ、「桑原、桑原」と唱え続ける。それからいくらもしないうちに雷の音はしなくなり、大きく息を吐き出した。

だが、その後も雨は容赦なく降り続く。

才は大川《おおかわ》があふれやしないかと心配になった。

江戸にはたくさんの川や堀がある。

重い荷をまとめて運ぶには、船が適しているからだ。

御公儀の浅草《あさくさ》御蔵《おくら》も大川に面しており、札差はそのすぐそばに軒を連ねていた。

ゆえに雨が降り続くと、江戸は水浸しになってしまう。川幅の広い大川はそう簡単にあふれないが、あふれたときの被害は甚大《じんだい》だ。

この天気じゃ、両国を行き交う人もいないでしょう。お芹さんは気を揉《も》んでいるでしょうね。

雨が降れば、当然花火は打ち上げられない。昼間の広小路の人出だって少なくなる。夏は書き入れ時だと意気込んでいた分、がっかりしているに違いない。

そういえば、「仇討の場」を演じる九月も長雨や野分《のわき》の多い時分である。屋根のない飛鳥山では、雨が降ったら演じられない。

ことによると、八のつく日がみな雨ということもあり得るわ。まめやの店主に少女カゲキ団のことがばれたのなら、いっそ他の日にしてもいいかしら。

早手回しな心配をしていると、またもや蔵がやってきた。

「お嬢さん、魚正のお嬢さんがお見えになりました」

「何ですって」

紅はちょくちょく大野屋に顔を見せるものの、こんな天気に訪ねてくるのは尋常でない。女中頭もとまどいを隠さなかった。

「お召し物がずいぶん濡《ぬ》れていらっしゃるので、お嬢さんのお着物に着替えていただいてもよろしいですか。このままだと風邪《かぜ》を引きます」

傘をさしてもこの雨だ。魚正のある本船町《ほんふなちょう》から蔵前まで歩いてくれば、着物はびしょ濡れになるに決まっていた。

「ええ、そうしてあげてちょうだい。供の女中は大丈夫なの」

「それがおひとりでいらしたようで……お供の姿が見えません」

まさかの答えに才は頭が痛くなる。魚正の主人夫婦が跡取り娘の不在に気付いたら、大騒ぎになるだろう。

お紅ちゃんたら何を考えているのかしら。いまは親に睨《にら》まれないように気を付けないといけないのに。

才だって縁談が駄目になってから、母の締め付けが厳しくなっている。そのせいで、高砂町に行きづらくて仕方がない。

紅の両親は娘に甘いが、同時に心配性でもある。静のように家から出してもらえなくなったら、どうする気だ。

かくなる上は一刻も早く娘の無事を知らせたほうがいいだろう。才は額を押さえて蔵に頼んだ。

「こんな天気にすまないけれど、兼を魚正にやってちょうだい。お紅ちゃんは用事がすみ次第、必ず送り届けますって」

「はい、承知しました。それにしても、魚正のお嬢さんに何があったんでございましょうねぇ」

蔵は聞こえよがしにひとりごち、才の着物を抱えて出ていった。

ほどなくして、着替えを終えた紅が硬い表情で現れる。そのいかにも傷ついたと言いたげな目つきには見覚えがあった。

さては、親子《おやこ》喧嘩《げんか》をしたのね。魚正のおじさんがお紅ちゃんを叱《しか》るなんて……一体何があったのかしら。

こういうときは声高に問い質《ただ》さないほうがいい。才は努めて朗らかに微笑《ほほえ》みかけた。

「お紅ちゃん、いらっしゃい。足元が悪い中、よく来てくれたわね。せっかくお稽古が何もないのに、こんな天気でどうしようかと思っていたの」

「………」

いつもおしゃべりな紅の口が今日に限って動かない。才は嫌な予感がした。

「ひょっとして、高砂町のことでここに来たの？」

たとえ両親がいなくても、家の中で少女カゲキ団の名は出したくない。踊りの稽古にかこつけて尋ねれば、紅は首を左右に振った。

恐れていたことではないと知って、才は胸を撫《な》で下ろす。

「だったら、一体何があったの？　びしょ濡れで訪ねてくるくらいだもの。よほどのことがあったのね」

「………」

「ここに来る途中で雷も落ちたでしょう。怪我《けが》がなくてよかったわ」

紅の髪は湿りけを帯び、いつも以上につやがある。励ますように手を取れば、紅がようやく口を開いた。

「……昨夜、うちのおとっつぁんとおっかさんが、この暑いのに襖《ふすま》を閉めきってこそこそ話をしていたから……どうしても気になって……」

魚正の主人夫婦は冬でもめったに襖を閉めない。紅は両親の話を聞くため、襖のすぐそばで耳を澄ませたという。

聞き取れたのは、「魚正と付き合いのある料理屋の娘が、店の板前と駆け落ちした」という話だった。その娘は三百石の旗本と縁談があり、近く武家の養女となって結納を交わすことになっていたとか。

「料理屋には娘が二人いて、駆け落ちしたのは妹のほう。姉は三年前に婿《むこ》を取り、今度の縁談は婿の実家の口利きだったんですって」

才は余計な口を挟まず、紅の話を聞いていた。どうやら、こちらが思ったような親子喧嘩ではなかったようだ。

「もちろん養女と言っても名前だけ。実の親との縁は切れないわ。娘が奥様と呼ばれる身分になれば、料理屋の主人夫婦も鼻が高い。それに娘婿が店を贔屓にしてくれれば、いい宣伝になるでしょう。この上ない良縁だと親は喜んでいたみたい」

紅がそこまで言ってため息をつく。

才はためらいがちに質問した。

「ねえ、そのお嬢さんと板前の仲を知っている者はいなかったの」

普段母屋《おもや》にいる主人の娘と、店の板場にいる板前——たまには顔を合わせるだろうが、ほとんど口はきかないはずだ。二人が男女の仲になっていたなら、誰《だれ》かしら勘づきそうなものである。紅はすぐにかぶりを振った。

「おっかさんもおとっつぁんに同じことを聞いていたけれど、店の者は誰も気付いていなかったんですって。好き嫌いのはっきりしている姉と違って、妹は親に口答えすらしなかったと言っていたわ」

駆け落ちした日も女中を連れて外出し、戻ってきたのは血相を変えた女中だけ。娘は帰る途中で茶店に立ち寄り「ちょっとはばかりに」と席を立ち、いくら待っても戻ってこなかったとか。

「最初は金目当てのかどわかしだと思ったみたい。でも、脅し文が届かないので娘の部屋を探したら、親に宛《あ》てた書き置きが出てきたんですって」

書き置きには「親不孝をしてすみません。板前と逃げるから、捜さないで欲しい」と娘の文字でしたためてあった。それを見た御新造は心労のあまり寝込んでいるという。

才は眉間《みけん》にしわを寄せた。

「それじゃ、二人で手に手を取って逃げたわけじゃないのね」

「でも、本人の書き置きがあったんだもの。別々に店を抜け出して、どこかで落ち合ったんだと思うわ」

普通は紅のように考えるだろうが、才は腑《ふ》に落ちないものを感じていた。おとなしい箱入り娘と板前が周りに一切知られることなく、恋仲になれるものだろうか。

しかし、才だって親や奉公人に内緒で少女カゲキ団の役者をしている。胸に浮かんだ疑いを慌ててなかったことにした。

「それにしても、そのお嬢さんは傍迷惑《はためいわく》なことを仕出かしたものね。いくら意に染まない嫁入り話でも、土壇場で駆け落ちするなんて。お相手の耳に入れば、さぞかし怒り狂うでしょうよ」

札差の娘は、旗本の正味のところを知っている。

名字帯刀を許されて将軍様にお目見えできても、その内証は火の車だ。そのくせ身分を笠《かさ》に着て、借りた金を返さずにいつもふんぞり返っている。

そんなところに嫁いだら、一生「町人上がり」と見下されて生きることになる。縁談を嫌って逃げ出した娘の気持ちはよくわかる。

だが、自分が逃げた後のことも考えるべきだった。

町人と縁を結ぶような旗本は、特に内証が苦しいはずだ。きっと「武士の面目を汚された」と言い立てて、法外な詫《わ》び金をむしり取ろうとするに違いない。

縁談を世話した婿の実家も怒りが収まらないはずだ。旗本への義理を立てるため、姉夫婦は離縁になる恐れもあった。

どこの料理屋か知らないけれど、軽はずみもいいところだわ。それなりの家の娘なら、親が決めた相手に嫁ぐのは当たり前でしょう。

額を押さえてうつむく才に、紅が大きくうなずいた。

「料理屋の主人も駆け落ちのことは先方に知らせていないんですって。このことが表《おもて》沙汰《ざた》になる前に二人を見つけ出したい一心で、うちのおとっつぁんに頭を下げたみたい」

「どうして魚正のおじさんに人捜しを頼むのかしら」

そういうことは町方か十手持ちの領分だろう。不思議に思って尋ねると、紅が得意げに胸をそらした。

「お才ちゃん、魚正の魚を買うのは、大名旗本だけじゃないわ」

魚正の袢纏《はんてん》を着た棒手振り《ぼてふ》は貧しい裏長屋にも足を運ぶ。料理屋の主人はそこに目をつけたようだ。

「駆け落ち相手が板前だってこともあるかもね。隠れて包丁を握るにしても、魚は買うはずだもの」

「でも、二人はもう江戸にいないんじゃないかしら」

本気で逃げるつもりなら、追っ手に見つからないように朱引《しゅび》きの外へ逃げたはずだ。紅も薄々そう思っていたようで、「それならそれで仕方ないわ」と肩をすくめた。

「見つからなくて困るのは、料理屋の主人だけだもの。うちは頼まれたことをするだけよ」

長々話してきたわりに、紅は料理屋の今後にあまり興味がないようだ。そこで「本題は何なの」と促せば、小さな目を見開いた。

「表沙汰にできない話なら、お紅ちゃんのおとっつぁんが襖を閉めて話してもおかしくないわ。いまの話の他に腹を立てたことがあるんでしょう」

自分と関《かか》わりのない話をするために、この雨の中を来るものか。そう確信して見つめれば、幼馴染《おさななじ》みは唇を噛《か》み、悔しそうな顔をした。

「言いたくないなら、無理に言わなくともいいけれど。今日はうちの両親が法事で留守にしているの。親に聞かれる気遣《きづか》いはないから安心して」

軽い調子で続ければ、紅の目が迷うようにせわしなく動く。

やがて、続きを口にした。

「その話をした後で、おとっつぁんが言ったのよ。あたしが望むなら、嫁に出しても構わないって」

「それのどこが気に入らないの」

不満そうな幼馴染みに才は呆《あき》れて問い返した。

娘に甘い紅の父のことだ。知り合いの娘の駆け落ちを知り、自分は同じ轍《てつ》を踏むまい、娘の好きな男が婿になれない立場なら、嫁に出してもいいと思ったのだろう。

「いまの話の料理屋みたいに、親の都合で意に染まない縁談を押し付けられる娘のほうが多いのよ。親が娘の望みを聞いてくれるなんて、ありがたいことじゃない。あたしはお紅ちゃんがうらやましいわ」

少なくとも、自分の父は娘の望みなど聞いてくれない。憮然《ぶぜん》とした才の言葉に、紅が口を尖らせた。

「一体、何がうらやましいの。あたしは物心がついたときから、魚正の跡取り娘として育ってきたのよ。いまさら『嫁に行ってもいい』なんて冗談じゃないわ」

「……だったら、おじさんにそう言えばいいじゃない。それに店を継がなくていいのなら、一八郎《いちはちろう》さんと一緒になれるかもしれないわよ」

思い付いたことを口にすれば、紅が身体《からだ》をこわばらせた。

去年の冬、紅は草履《ぞうり》の鼻緒《はなお》が切れて困っていたところを若い男に助けられた。以来、その人に熱を上げていたのである。

だが、相手の名も素性もわからない。このまま甘酸っぱい思い出として終わるのだろうと思っていたら、浮世絵師北尾七助を名乗るその男、一八郎と見事再会した。

「ただの浮世絵師なら、いくら娘に甘いおじさんでも許してくれないでしょう。でも、一八郎さんの実家は呉服町《ごふくちょう》にある質屋だし、絵師の師匠はいま人気の北尾《きたお》重政《しげまさ》だもの。お紅ちゃんさえその気なら、二人の仲を許してもらえるんじゃないかしら」

紅だって偶然再会したときは、あんなに盛り上がっていたではないか。にっこり笑って水を向けると、幼馴染みの黒目が動く。

「で、でも、向こうはあたしのことなんか……」

「あら、魚正から金子屋《かねこや》に縁談を持ち掛けてごらんなさい。向こうだってすげなく断ったりしないわよ」

一八郎の実家の金子屋より、魚正のほうが身代《しんだい》ははるかに大きいはずだ。算盤《そろばん》高い質屋は何としてもまとめようとするだろう。

だが、紅はむっとしたように口をつぐみ、膝頭《ひざがしら》を両手で摑《つか》む。才が「どうしたの」と尋ねれば、「馬鹿にしないで」と睨まれた。

「あたしは一八郎さんに憧《あこが》れているけれど、魚正の看板をひけらかして押しかけ女房になるつもりはないわ」

「あたしは別にそんなつもりじゃ」

「だったら、どういうつもりよ。それにあたしは魚正の跡取り娘なの。嫁に行くつもりはないって言ったでしょう」

その剣幕の鋭さに、才は怯《ひる》んで息を呑《の》む。そして、自分の言葉がいかに失礼なものだったかに気が付いた。

あたしだって「大野屋の娘」と言われるたびに、あたしの値打ちはそれだけかと腹を立てていたじゃないの。自分が言われて嫌なことを幼馴染みのお紅ちゃんに言うなんて、考えなしにもほどがあるわ。

すぐに反省したけれど、何と言って謝ればいいだろう。返す言葉に迷っていたら、紅がぶっきらぼうに吐き捨てた。

「さっきも言ったように、あたしは色恋より親や店のほうが大事なの。それに下手なところへ嫁いで、肩身の狭い思いなんてしたくないわ」

「そう」

「色恋なんて所詮《しょせん》一時のこと。あたしは駆け落ちした娘みたいに考えなしじゃない。おとっつぁんもお才ちゃんもあたしのことを見くびりすぎよ」

鼻息荒く言い返されて、今度は才がむっとした。

確かに、さっきの言葉は失言だった。

しかし、紅の日ごろの言動は魚正の跡取り娘としてふさわしいものだったのか。

「だって、お紅ちゃんがそこまでの覚悟を持っていると思わなかったんだもの。魚屋なんてつまらない、魚正の奉公人はがさつで声ばかり大きいから、婿になんかしたくないと昔から言っていたでしょう」

たったいま謝ろうとしたことを忘れて、才は当てこすりを口にする。身に覚えのある紅は目を剥《む》いて言い返した。

「お才ちゃんだって自分の親の悪口を年中言っていたじゃないの」

「ええ、あたしはその言葉をいまも引っ込めるつもりはないもの。でも、お紅ちゃんは考えを変えたんでしょう」

それはいいことだと才は思ったが、紅は非難されたと思ったのだろう。下唇を突きだした。

「あたしだってもう十六よ。いつまでも子供みたいなことを言っていられないわ」

「ええ、そうね」

どうやら、無責任な娘の駆け落ちは巡り巡って紅を大人にしたらしい。それとも自分が知らないだけで、元からこういう考えだったのか。

いずれにしても、魚正とお紅ちゃんにとってはいいことよね。あたしもそろそろ覚悟をしなくちゃ。

あと半年で、自分たちも十七になる。

恐らく、今年の内に縁談が決まるだろう。

そう思ったとたん、胸ににぶい痛みが走った。こんな調子で大丈夫かと才が不安になったとき、

「だから、いまのうちにあたしの絵を一八郎さんに描《か》いて欲しいの。あたしの恋の形見として」

紅は早口でそう言って、決まり悪げに目を伏せた。

さんざん跡取り娘の覚悟を並べておいて、最後にそんなことを言い出すのか。

ようやく大人になったのかと思いきや、紅はやっぱり紅だった。才が目を眇《すが》めると、紅が怒ったように畳を叩《たた》く。

「それくらいいいじゃないのっ。お才ちゃんみたいに描いてもらった錦絵《にしきえ》を売り出すわけじゃないんだし」

「お紅ちゃんっ」

口を滑らせた幼馴染みを才が慌てて遮る。そのまま周囲の物音に耳を澄ませたところ、聞こえるのは雨音だけだった。

「急に何を言い出すのよ」

「ごめんなさい。でも、あたしの気持ちもわかってちょうだい」

さすがにまずいと思ったのだろう。手を口に当てたまま、紅が小さな声で謝る。才はため息を呑み込んだ。

わがままな紅のことだ。自分が手を貸さない限り、納得しないに違いない。

だが、大野屋の娘と魚正の娘が連れ立って質屋に行くのはまずい。うっかり人に見られたら、どんな噂《うわさ》が立つことか。

一八郎の師匠の住まいは知らないし、一八郎を紹介してくれたのは吉原の地本問屋《じほんどいや》である。こちらもうかつに近づけない。

いつも頼って悪いけど、困ったときのお師匠さんよね。あたしとお芹さんの錦絵の下描きも稽古所で描いてもらったし。

こんな天気に二人揃って押しかければ、何事かと思われるだろう。花円の仏頂面を思い浮かべ、才はひとり苦笑した。

しかし、両親の留守をこのまま無駄にするのはもったいない。立ち上がって障子《しょうじ》を開ければ、いくらか雨足は収まってきたようだ。

そこに魚正から戻った兼が顔を見せ、申し訳ないと思いつつ口を開く。

「お兼、いまから出かけるわ」

「え、どこに行くの」

兼の代わりに紅が驚いたような声を出す。才が振り向いて行き先を伝えると、白かった顔に赤みが差した。

幕間《まくあい》二　紅の涙

魚屋の朝は早い。

魚河岸《うおがし》に近い本船町の魚正でも、夜明け前から一日が始まる。

もっとも、大店《おおだな》の主人は夜の付き合いも多い。店が大きくなったとたん、朝寝を決め込む魚屋の主人もいる。

だが、魚正の主人の正五郎《せいごろう》はいまも自ら魚河岸に行く。

時々「魚正ほどの大店なら、旦那が仕入れをするまでもないでしょう」と余計なことを言われるらしいが、正五郎はその都度、「魚正は大店じゃねぇ。魚屋だ」と静かな声で言い返す。

そして、必ずこう付け加えた。

――もし魚屋の親父《おやじ》がてめぇの目で見て魚を仕入れていねぇなら、その店からは買わねぇことだ。

すると、相手は青くなり、尻尾《しっぽ》を巻いて逃げるという。

河岸に並ぶ魚は日ごとに違う。季節や天気、もしくは海の荒れ具合で、魚が獲《と》れないこともある。それでも、百姓《ひゃくしょう》が毎日田畑を耕すように、漁師は沖に船を出し、命がけで漁をする。

――魚屋が骨惜しみするようになっちゃ、漁師に顔向けできねぇだろう。せっかく活《い》きのいい魚を仕入れても、客の口に入る前に駄目にしちまったら意味がねぇ。

それが紅の父、正五郎の考えであり、魚正が大きくなった根っこである。

父が祖父から継いだのは、吹けば飛ぶような小さい店だったらしい。母は「こんな大店になるとは思わなかった」と、事あるごとに口にする。

――うちの人がただの魚屋なら、あたしだってただの魚屋の女房だ。御新造さんなんて呼ばれる柄じゃないんだよ。

長屋育ちの母は芸事の心得などないし、行儀作法も付け焼刃だ。

さすがに人前では取り繕っているけれど、立ち居振る舞いや物腰はどうしてもボロが出る。身内や奉公人の前ではいまも「魚屋の女房」で通しており、御新造同士の付き合いはできるだけ避けて通っていた。

主人夫婦がその調子だから、魚正の奉公人は揃いも揃ってガラッパチだ。新入りが気取ったしゃべりをしたり、天秤棒《てんびんぼう》を担いでゆっくり売り歩いたりすると、すかさず古株にどやされた。

——なんでぇ、なんでぇ、その間延びした物言いは。言いたいことがあるなら、とっとと言いやがれっ。

——何をちんたら歩ってやがる。俺《おれ》たちは足の早ぇ魚を売ってんだ。負けずに走らねぇでどうすんだよ。

——まっつぐな道はまっつぐ走れ。右に左にふらふらするから、ぶつかりそうになるんじゃねぇか。

そんなことを言われても、最初は物言いにも気を遣う。また天秤棒の先に桶《おけ》を下げてまっすぐ走るのは難しい。

しかし、四苦八苦して言い付けを守るうちに、速く走れるようになる。ついでに舌の回りも早くなり、声も大きくなっていく。そして気が付けば、周りとよく似た魚正の魚売りの出来上がりだ。

紅は子供の頃、そんな奉公人たちが苦手だった。

なかなか子宝に恵まれなかった正五郎は、ひとり娘の紅に甘い。無事に生まれたときは男泣きに泣いたそうで、そのときの様子はいまも古参連中の語り草になっている。その後もお宮参りだ、初節句だと、娘のための金は惜しまなかった。

魚正の奉公人はそういった事情をよく知っている。勢い紅を見かけると、我先に挨拶してくるのだが、

――お嬢さん、おはようございやすっ。

――今日はお嬢さんの好きないわしのいいのがありやすぜ。

――赤い着物がよくお似合いで。

――お嬢さんは旦那によく似ていなさるから、きっと魚の目利きになれやす。

うんと小さい頃は、大声に怯《おび》えて泣き出したという。

五つを過ぎると、言われたことに腹を立てた。

十六になったいまは、涼しい顔で聞き流せる。奉公人に悪気がないことをちゃんと知っているからだ。

父は「鯛《たい》と言えば、魚正」と呼ばれるほどの魚屋の主人である。魚を商う者にとって神様のような人であり、魚正の奉公人は「旦那に似ていて、うらやましい」と本気で思っているらしい。

うちの連中ときたら、本当に魚のことしか頭にないのね。おとっつぁんに似ているなんて、普通はほめ言葉にならないわ。

紅はひとりになってから、決まって小さなため息を漏らした。

丸い顔にゴマのような小さな目と小さな鼻、そのくせ口は人より大きい。せめて母に似ていればと、何度思ったことだろう。

もっとも、うんと小さい頃は自分が器量よしだと思っていた。

親馬鹿な父は「こんなにかわいい娘はいねぇ」と口癖のように繰り返し、奉公人もそれに倣《なら》う。着物も際立って豪華なものを着ていたから、自分の見目が悪いなんてかけらも思っていなかった。

だが、四つになるかならずのときに大野屋で才と出会い、幼い思い上がりを打ち砕かれた。

ぱっちりとした大きな目とその周りを縁取《ふちど》る長いまつげ、形のいい鼻とおちょぼ口が小さな白い顔に収まっている。

着物だって、紅に勝るとも劣らない立派なものだ。しかも、尻が落ち着かない自分と違い、正座をしたまま小動《こゆるぎ》もしない。だから「よくできた人形ね」と、紅は感心してしまった。

いまでもその時のことを思い出すと、羞恥《しゅうち》で頰《ほお》が熱くなる。才を人形だと思った紅は「この子が欲しい」と父にねだり、生まれて初めて叱られた。

――犬猫の子じゃねぇんだぞ。お紅だっておとっつぁんやおっかさんと引き離されたら嫌だろうが。

声を荒らげる父に驚き、紅は盛大に泣き出した。

とたんに父は困り果て、「泣き止《や》んだら、立派な人形を買ってやる」と約束してくれた。後日、与えられた人形は顔が才によく似ていた。

魚屋は魚を売り、八百屋は野菜を売る。

札差は売り物が店になく、当時は何をする店かわからなかった。

奉公人はみな行儀よく、言葉遣いも丁寧だ。主人の時兵衛は近づきがたい威厳があり、絶えず娘の機嫌を取る自分の父とは大違いである。御新造だって才によく似たすごい美人だ。

見るものすべてに驚いて、紅は目を瞠《みは》った。

あたしも大野屋に生まれたかった。

そうすれば、お才ちゃんみたいな器量よしになれたのに。うちは魚屋だから、ガサツで行儀が悪いんだ。

あの日、生まれて初めて人をうらやみ、我が身が情けなくなった。

とはいえ、それは昔のことだ。いまは「やっぱり魚正の娘でよかった」と心から思っていたというのに……。

「お紅、いい加減に起きとくれ。魚屋の娘が朝寝坊なんて、みっともないったらありゃしない」

六月十四日の朝、紅は母に叩き起こされた。

眠い目をこすりながら表を見れば、朝から曇っていて時刻の見当がまったくつかない。「おっかさん、いま何刻《なんどき》？」と尋ねると、「明け六ツ（午前六時）の鐘は鳴り終わったよ」と返された。

「男衆はみな朝餉を食べて、今日の仕事を始めてんだ。ほら、あんたも顔を洗っといで。台所が片付かないだろう」

「……明け六ツなら、まだ早いじゃない」

江戸の町は明け六ツの鐘と共に目を覚ます。アサリ売りや納豆売りが往来で声を張り、女たちは朝餉の支度を始める。

ただし、それは貧乏人や奉公人の話である。金持ちとその身内はもっと日が高くなるまで寝ているはずだ。

紅が恨みを込めて母を睨むと、「何言ってんのさ」と笑われた。

「世間はどうだか知らないけれど、うちは魚屋だよ。魚屋の女房は七ツ（午前四時）前に起き出して、亭主を河岸に送り出す。あたしがそうしてきたように、あんただって婿を取れば同じことをするんだから」

「………」

「主人が自ら河岸に行き、己の目で魚を選ぶ。それが魚正のやり方だ。あんたは亭主を河岸に行かせて、自分は朝寝をする気かい」

そうしたいのは山々だが、ここで下手なことを言えば、叱られるのは目に見えている。紅は渋々起き上がった。

寝ぼけまなこで井戸端に行き、冷たい水で顔を洗う。と、ようやく頭がしゃんとしてきた。

「おっかさんときたら、毎朝うるさいんだから」

手ぬぐいで濡れた顔を拭《ふ》き、紅は小声で文句を言う。

きっと今日も横からケチをつけられつつ、家の手伝いをさせられるに違いない。そう思ったとたん、身体と気持ちが重くなった。

去年の暮れあたりから、母は娘に厳しくなった。「年頃の娘なら、これくらいできて当たり前」と、料理や裁縫を仕込もうとする。

いや、その前から母は手伝いをさせようとしたけれど、紅がふくれっ面をしていると、決まって父がかばってくれた。

――ちょっとくれぇ寝坊したっていいじゃねぇか。お紅が河岸に行くわけじゃねぇんだから。

――うちには奉公人がいるし、料理ができなくたって困らねぇだろう。下手に包丁を持たせて、怪我でもしたらどうすんだ。

――裁縫が下手なら、人に頼めばいい。なに、いざとなれば雑巾《ぞうきん》とおしめくれぇは縫えるだろう。

そんなことを言われてしまうと、母も強く出られなかった。

しかし、いまでは父も母の味方だ。下手に泣きついたりすれば、「いつまでも子供じゃねぇんだぞ」と母と同じことを言われてしまう。

ああ、こんなことなら大人になんてなりたくなかった。幼い頃は何だって思い通りになったのに……。

紅は今日も雲の多い空を見上げ、四日前に立ち聞きした両親のやり取りを思い出した。

知り合いの娘の駆け落ちを知り、父は自分の娘に縁談を押し付けてはいけないと思ったらしい。「お紅が望むなら、嫁に出してもいい」と口にして、母に鼻で笑われていた。

——親馬鹿もたいがいにしてちょうだい。あの子に一人前の嫁が務まるわけないじゃないか。できる芸事は踊りだけで、行儀作法もいい加減。性根もてんで甘ったれだ。あれじゃ代々続くしっかりしたお店に嫁げやしないよ。

——家の切り回しもできないから、職人の女房にもなれやしない。好きな相手と一緒になっても、三日で逃げ帰ってくるでしょうよ。

襖越しに聞こえた声に、紅は怒りで身を震わせた。

父もさすがに言いすぎだと思ったのだろう。「おい、それは」と言いかけたところ、母が「おまえさん」と遮った。

——あたしは後悔してんだよ。あたしたちはなかなか子ができなくて、半ば諦《あきら》めていたときにお紅を授かっただろう。店も大きくなったところだったし、すっかり有頂天《うちょうてん》になっちまった。

　本気でそう思っていることが母の口ぶりから伝わってくる。紅はよろめきそうになり、とっさにそばの柱に縋《すが》った。

　——本人が望むまま、甘やかしてかわいがって……あたしはあの子を何もできない娘にしちまった。親は子よりも先に逝く。ましてお紅は遅くにできた娘だもの。あたしたちはあの子の産んだ子が一人前になるのを見届けられないに決まってる。あたしたちが死んだあと、お紅と孫が頼れるのは亭主しかいないんだよ。

　その亭主に離縁されたら、あの子はひとりぼっちになる——と、母は思いつめた調子で語り、「せめて兄弟がいたら」とため息をついた。

　——うちは成り上がりで、いざというとき頼りになる親戚《しんせき》も分家もいやしない。もっと厳しく仕込んでおけば、立派なお店に嫁がせることもできただろうけど……いまのお紅じゃ肩身が狭いばっかりだ。あの子のことをよく知っているうちの奉公人を婿にするしかないじゃないか。

　——だが、お紅は嫌がっていたぞ。

　——だから、あの子に選ばせるって？　あの子に言い寄る男なんて、身代目当てに決まってる。そんな男と一緒にしたら、おまえさんが死んだとたんにお紅が泣きを見るだけだ。

——なるほど、そうかもしれねぇな。

——お紅がかわいくて甘やかしてしまったけど、長い目で見れば、かえって苦労させることになったかもしれないねぇ。

——いや、俺が悪かった。おめぇが厳しくしようとすると、横から邪魔ばかりして。いまさら遅いかもしれねぇが、魚屋の女房の心得をしっかり教えてやってくれ。

まさか、両親がそんなふうに思っていたなんて……。

紅は気が遠くなりかけたものの、自分が立ち聞きしていたことを両親に知られるわけにはいかない。足音を忍ばせて部屋に戻り、崩れるように布団に横たわった。

自分が甘やかされていることは、言われなくともわかっていた。

しかし、親がそのことを後悔しているなんて夢にも思っていなかった。

魚正の跡取り娘といっても、商いはどうせ婿がする。自分の務めは跡取りを産むことだけだと信じていた。

もしも紅が男であれば、父は厳しかっただろう。立派な魚屋に育てるべく、毎朝叩き起こされて、河岸に連れていかれたはずだ。天秤棒を肩に担ぎ、旬《しゅん》の魚を売り歩かされたに違いない。

だから、才には決して言えないけれど、紅は「女に生まれてよかった」と思っていた。

このまま実家にいれば、嫁ぎ先で姑《しゅうとめ》や小姑《こじゅうとめ》にいじめられる恐れもない。自分は一生安泰だと呑気《のんき》に構えていたのである。

その代わり、好きな相手と一緒になることはできないけれど、それも跡取り娘の宿命だと思い定めてきたというのに。

出来が悪いから、嫁に出せないと言われるなんて……あたしをそういうふうに育てたのは、おっかさんでしょう。

十六になってから「育て方を間違えた」と言われても、こっちだって立つ瀬がない。悔しさと情けなさがこみ上げて、紅はたまらず寝返りを打つ。

子供の頃、紅はいま以上に我慢や辛抱が苦手だった。

習い事を始めると、最初は誰でもできる基本を学ぶ。それを繰り返しやらされるのが嫌で、紅はすぐ音を上げた。師匠に叱られると、謝るどころかへそを曲げた。

ひとり娘に甘い父は、紅が「稽古がつまらない」「お師匠さんが厳しすぎる」と訴えれば、すぐにやめさせてくれたのだ。

いまになって出来損ない呼ばわりするのなら、お才ちゃんの家みたいに厳しくすればよかったじゃない。子供なんて嫌いなことは避けて通ろうとするんだから。

大野屋は代々続く札差で、才の母も大きな下り酒問屋の娘である。見た目も由緒正しさも魚正とは差がありすぎて、最初から張り合う気にもなれなかった。何事も頑張る才を仰ぎ見て感心していただけだった。

あたしの出来が悪いのは、おとっつぁんとおっかさんの娘だからよ。成り上がりの夫婦の娘がお才ちゃんみたいになれるもんか。

面と向かって言えない文句を心の中で吐き捨てる。

だが、親に腹を立てたところで、自分の立場は変わらない。改めて先のことを考え――紅はその厳しさに気が付いた。

十年後、還暦前の父は恐らく生きているだろう。だが、いまのように自ら河岸に行き、仕入れの指図をできるだろうか。

その五年後は還暦を超えている。まだ生きていたら儲《もう》けものだ。

おとっつぁんみたいに仕事が生きがいだって人は、隠居するとポックリ逝くことも多いって聞くわ。あたしがおとっつぁんを頼れるのは、あと十年もないってこと？

その後は夫と二人だけで、魚正と我が子を守るのか。

それまでに母のようなしっかりした魚屋の女房になれるのか。

紅は自問自答して、すぐに無理だとかぶりを振った。

大店の御新造になったいまも台所に立つ母と違い、包丁だってろくに握ったことはない。毎朝七ツ前に起きるなんて、考えただけでぞっとする。これからのことを考えると、紅はなかなか寝付けなかった。

翌朝は激しい雨音で目が覚めた。紅を起こしに来た母は、身を起こしている娘を見て声を上げた。

――あんたが起こされる前に起きるなんて、めずらしいこともあったもんだ。ああ、それでこの雨かい。

母は笑いながら言うと、足早に部屋を出ていった。

あたしが昨夜の話を立ち聞きしたと告げたら、おっかさんはどんな顔をするかしら。きっと、いまみたいな憎まれ口は叩けないわね。

そんなことを思いつつ廊下に出ると、店のほうから「どうすんだよ」と焦ったような声がした。

――青山《あおやま》のご隠居様に鯛がねぇなんて言えやしねぇ。

――そんなことを言ったってねぇものはねぇんだ。ここんとこ雨続きで、船を出さねぇ漁師も多いし。

——天気ばかりはどうにもならねぇ。旦那は今日詫びに行くのか。

——ご隠居様は許してくれても、あそこの御家来衆はうるせぇからなぁ。

どうやら、注文された鯛を用意できなかったらしい。父はそのことを詫びるために出かけなければならないようだ。

祝い事にめでたい鯛は欠かせない。

しかし、いつもちょうどよく鯛が獲れるとは限らない。天気や風の具合によって漁に出られないこともある。また無事に船を出せたとしても、いい鯛が釣れるという保証もない。

人の手で作るものなら、職人の力と努力次第で期限までに仕上げられる。だが、米や野菜、魚はその限りではない。

それでも、魚屋は注文された日に立派な魚を届けなければ責められる——紅は初めてそのことを知り、背筋に冷たいものが走った。

天気や海の具合は人がどうにかできるものじゃないわ。おとっつぁんは大丈夫なのかしら。

うるさい家来がいるというから、相手は武家だろう。鯛がないと知ったとたん、刀を抜いたりしないだろうか。

紅は着替えを終えると朝餉を摂《と》ったが、ほとんど味がしなかった。そして居ても立ってもいられなくなり、こっそり家を抜け出した。

びしょ濡れになって大野屋に着き、着物を着替えて才と向き合う。話したいことはいろいろあったはずなのに、なぜか言葉が出てこない。

客の注文に応《こた》えられなかったことは、魚正の恥になる。

まして実の母から「嫁に出せない」と言われたなんて、才色兼備の幼馴染みに恥ずかしくて言えなかった。

とはいえ、才はこちらが話すのを待っている。仕方なくあちこち伏せて話したところ、腑に落ちない顔をされた。

――いまの話の料理屋みたいに、親の都合で意に染まない縁談を押し付けられる娘のほうが多いのよ。親が娘の望みを聞いてくれるなんて、ありがたいことじゃない。

あたしはお紅ちゃんがうらやましいわ。

才は親に命じられ、幼い頃から人一倍厳しい稽古に明け暮れてきた。親に甘やかされている幼馴染みをうらやましく思っていたのだろう。

紅自身、ずっと「あたしは魚正の娘でよかった」と思っていたが、いまは違う。

甘やかした挙句に「出来損ない」と言われるくらいなら、幼い頃から厳しくしてくれたほうがはるかにましだ。力んで「嫁になんか行かない」と言い張れば、才が一八郎のことを持ち出した。

浮世絵師の北尾七助こと一八郎は、通りすがりに紅の鼻緒をすげてくれた人である。偶然再会できてうれしかったが、一緒になりたいとは思わなかった。

母に言われるまでもなく、己のことは己が一番よく知っている。一八郎を憎からず思っていても、自分は絵師の女房など務まらない。

初めから、あの人と一緒になりたいなんて思ってないもの。あの人との出会いは初恋の思い出として取っておければ十分よ。

心の中で呟《つぶや》いたとき、紅はふと閃《ひらめ》いた。

絵師の女房は無理でも、客にはなれる。初恋の形見として、一八郎にいまの自分を描いてもらおうと。

その後、才と二人で高砂町に行き、師匠に仲立ちをお願いした。雨の中を押しかけてきた弟子の話に、師匠は呆れ顔を隠さなかった。それでも、すぐ一八郎に伝えると約束してくれた。

一昨日《おととい》、昨日と雨が降らなかったけど、お師匠さんは踊りの稽古があるもの。いつ返事が来るかしらね。

せっかちな紅に待つ身は長い。

今日は母に命じられて足袋《たび》の繕いを始めたものの、

「ああ、駄目だよ。そんなに粗《あら》く縫ったんじゃ、繕ったことになりゃしない。また親指が飛び出すよ」

針を二、三度刺しただけで、すかさず母の小言が飛ぶ。根が貧乏性の母はいまも穴の開いた足袋を繕い、使い続けようとする。

お金ならあるんだもの。こんな面倒くさいことをしないで、新しい足袋を買えばいいのに。お才ちゃんのおっかさんなら絶対にそうするわ。

そんなことを思っていたら、うっかり指を刺してしまった。紅が顔をしかめたとき、女中が足早にやってきた。

「お嬢さんに高砂町のお師匠さんから遣いが来ました。大事な話があるので、稽古所に来て欲しいそうです」

花円は弟子を呼び出すとき、近所に住む子に駄賃をやって遣いに出す。紅は持っていた足袋を放《ほう》り出した。

「あら、それならすぐに行かなくちゃ。おっかさん、繕い物は後でするわね」

言われる先にそう言えば、母が嫌な顔をする。そして、すぐに支度をして稽古所に駆け付けたところ、

「一八郎さんに断られたって……お師匠さん、それは本当ですか」

にわかに信じられなくて、念を押す声がきつくなる。

花円は不機嫌に眉《まゆ》をひそめ、くわえていた煙管《キセル》の煙を紅の顔に吹きつけた。

「わざわざ弟子を呼び出して、嘘《うそ》をつくほど暇じゃないさ」

「そんな、どうして……」

一八郎は紅が魚正の娘だと知っている。

質屋の息子なら金には困っていないだろうが、絵師としては駆け出しだ。魚正とつながりを持つためにも、喜んで引き受けるだろうと思っていた。

そりゃ、錦絵として売り出すわけじゃないけれど、絵師は絵を描くのが仕事じゃないの。お芹さんやお才ちゃんはあんなに熱心に描いておいて、あたしだけ断らなくてもいいでしょう。

真剣な表情で芹や才を見つめ、筆を走らせていた姿を思い出す。特に才には注文を付け、時間をかけて描いていた。

一八郎は少女カゲキ団の贔屓だと言っていたから、「あたしは少女カゲキ団じゃな

い」と言ったのがまずかったか。実は中間為八《ちゆうげん》を演じていたと打ち明ければ、向こうもその気になるだろうか。

だが、自分が描いて欲しいのは、美しい振袖《ふりそで》を着た娘姿だ。中間に扮《ふん》した姿ではないと、かぶりを振って思い直す。

かくなる上は、父から頼んでもらおうか。「娘ざかりの姿を残したい」と言えば、父もその気になるだろう。さすがに魚正の主人から「娘を描いて欲しい」と頼まれたら、駆け出しの絵師は断れまい。

でも、それがきっかけで少女カゲキ団のことがおとっつぁんにばれたら、取り返しがつかないわ。草履の鼻緒が切れたときはあれほど親切だったのに、あたしの何が気に入らないの。

二つ返事で引き受けてくれると思っていた分、腹が立って仕方がない。知らず両手を握りしめると、師匠は煙管を灰吹きに打ち付けた。

「あたしもかわいい弟子に頼まれた手前がある。向こうが断った理由は聞いてきたが……聞きたいかい」

「はい」

間髪《かんはつ》容れずうなずけば、意味ありげに笑われた。

「昔の手前と似ているお人をこの手で描きたいとは思いません、だってさ」

「あの、それはどういう意味でしょうか」

質屋の次男で絵師の一八郎と、魚正の跡取り娘の自分――男女の別はもちろん、歳《とし》も実家の稼業も違う。似ているところがあるだろうかと首をかしげた紅に、師匠はますます目を細めた。

「あの人は次男と言っても、跡取りの長男とは歳が離れていてね。両親はもちろん、兄や奉公人にもかわいがられて育ったそうだ」

特に母親は遅くにできた見目のいい子をなめるようにかわいがったと聞き、紅は内心どきりとした。

跡取りの長男と次男三男の扱いは違っていて当然だが、跡取りが必ず大事にされるとは限らない。むしろ、跡取りだから厳しくされて、跡を継がない末っ子が甘やかされることもよくあった。

「兄弟ってのは、後から生まれたほうが総じて要領がいいんだよ。兄が叱られるところを見て育つから、他人の顔色を読むのも得意だしね。あんたもあの人のそういうところにコロリと参ったんだろう」

さては鼻緒の一件を師匠も知っているのだろうか。紅は恥ずかしくなったけれど、あえて強く言い返す。

「一八郎さんと似ているって、一体どこですか。あたしは気が利くなんて言われた覚えがありませんけど」

「でも、親に甘やかされた覚えはあるだろう。そうつんけんしないで、あたしの話を最後までお聞き」

一八郎が絵を描くようになったのは、手先の器用さを見込んだ母の勧めによるものだ。おかげで人や物をよく見る癖がついたという。

「質屋はあらゆるものを見る目がないとできないからね。何かと役に立ったと本人が言っていたよ」

質屋は質草として預かる物はもちろん、客の人となりも見る。うっかり盗品を預かれば、あとで大変なことになるからだ。

粗末な身なりの客が分不相応なものを持ち込めば、質屋は当然用心する。だが、もっともらしい言い訳をされると、案外騙《だま》されてしまうらしい。

一八郎は物よりも人の目利きが得意だった。客の目の動きや着物の着こなしがおかしいと感じれば、帳場の兄や番頭に耳打ちする。そうやって追い払った客の何人かは、後で人相書が回ってきたりしたそうだ。

金子屋の長男は父親によく似た融通の利かない律義者《りちぎもの》で、客商売に必要な愛想に欠ける。親戚の中には「人当たりのいい次男に金子屋を継がせるべきだ」と言い出す者もいたらしい。

何をやってもほめられる。

努力をしなくても報われる。

そんな日々を漫然《まんぜん》と過ごすうち、一八郎は世間をなめるようになった。

自分は他人より優れており、力半分で生きていける、必死になって頑張るなんて、みっともないと。

「そう言いながら、あの人は苦笑いを浮かべていたよ。あの頃の自分は鼻持ちならない、本当に嫌なやつだったと」

「……つまり、いまのあたしが鼻持ちならない嫌なやつだってことですか」

問い返す紅の声がみっともなく震えてしまう。片思いの相手にそんなふうに思われていたなんてあんまりだ。

涙をこらえる紅を師匠は慰めようともしない。それどころか「まだ話は終わっちゃいないよ」と窘《たしな》められた。

「あの人が変わるきっかけは四年前。両親は湯治《とうじ》に、兄さんと番頭が揃って出かけることになり、一八郎さんがめずらしく帳場に座っていたそうだ」

いくら主人の息子でも、片手間で手伝う一八郎に帳場を任せるのはおかしい。それでも文句が出ないほど、周りは要領のいい次男を買っていた。本人も兄より自分のほうが質屋の主人に向いていると周りは要領のいい次男を買っていた。

もっとも、進んで跡取りになりたいとも思わなかった。金子屋の主人となって責任を負わされるのはまっぴらだ。

自分はその気になれば、何でもできる。兄は質屋の主人にしかなれないから、店は譲ってやろう。

そんな驕《おご》った気持ちでいたところへ、顔色の悪い浪人が脇差《わきざし》を持ってきた。うやうやしく受け取って鞘《さや》から抜けば、ひと目でなまくらとわかる安物である。ガラクタを恥ずかしげもなく質屋に持ってくるくらいだ。腰に差している刀だって竹光に違いない。下手に出るのも馬鹿馬鹿しくなり、「こんなもの、百文にもなりません」と吐き捨てたとたん、相手が豹変《ひょうへん》したそうだ。

――たかが町人の分際で、伝家の宝刀たるこの脇差を百文にもならんとは何事か。このような恥辱を受けたからには捨て置けぬ。刀の錆《さび》にしてくれるわっ。

浪人はそう叫び、刀を抜いて一八郎に迫った。

「質屋や金貸しをやっていれば、めずらしくもない手合いだよ。だが、目の前に刀を突きつけられて、一八郎さんは震えあがった。命惜しさに相手の言いなりになりかけたとき、運よく兄さんが帰ってきた。そして質草の脇差を検《あらた》めると、『値付けが不満なら、手前をお斬《き》りくださいと迫ったそうだ」

——手前はこの金子屋の跡取りでございます。弟が申し上げた通り、この脇差では魚も満足におろせないはず。どれほど由緒のある品か存じませんが、切れない脇差をお預かりはできません。

兄はそう言って土間に正座した。浪人は刀を振り上げることもできないまま、舌打ちして出ていった。

その後、兄は腰を抜かした一八郎に厳かに告げたという。

——商いはいつだって真剣勝負だ。おまえはなめてかかるから、肝心なことを見落とすんだよ。

肝心なこと——それはいまの浪人が本気で斬る気などなかったということか。それとも、ひそかに見下していた兄の覚悟を知らなかったということか。一八郎はそれからしばらく兄の顔を見ることができなかった。

ずっと「本気になれば、誰よりもすごいことができる」とうぬぼれていた。

だが、それは怠け者の言い訳だったと、そのときはじめて気が付いた。

人を見る目があると言ったって、所詮は上っ面だけである。一八郎は自分の思い上がりを反省し、いま見た兄の姿を描きたいと思ったそうだ。

顔かたちだけ比べれば、自分のほうが兄よりも優れている。だが、浪人を追い払った兄の姿は名題《なだい》役者に負けないほどの輝きと威厳を放っていた。

いまから心を入れ替えて、本気で生きている人を描こう。ものを見る目を鍛え直して兄に恥じない絵師になりたい。

一八郎はそう決心して、真剣に絵の修業を始めたとか。

「あんたは昔の自分と同じで、ぬるま湯につかった顔をしている。せっかくだが、筆を取りたいとは思わないってさ。あの人も穏やかそうな見た目のわりに、言いにくいことをはっきり言うよ」

「…………」

師匠は「最後まで話を聞け」と言ったけれど、詰まるところはさっきと同じ。一八郎から見た紅は「鼻持ちならない嫌みなやつ」ということだ。

そりゃ、お芹さんやお才ちゃんはいつも一所懸命よ。

でも、あの子たちは少女カゲキ団が心底好きなんだもの。付き合いでやっているあたしとは違うわ。

心の中で言い訳するも、みじめで情けなくて仕方がない。両親に続いて、憎からず思っていた相手にも見下されていたなんてあんまりだ。

泣くまいと歯を食いしばれば、師匠が呆れたように眉を上げた。

「何だい、みっともない顔をして」

「だって、お師匠さん」

「男に断られたくらいで泣くんじゃないよ。あたしも向こうの言い分がわからないでもないし」

「えっ」

「花紅は自ら進んで何かをやりたいと思ったことがあるのかい。魚正の跡取りだから、才花がやると言ったから――そんなことばかり言っているから、何事も本気で頑張ることができないのさ」

身に覚えがあるだけに、師匠の言葉が胸に刺さる。唯一習い続けた踊りの師匠からこんなことを言われるなんて。

「ど、どうせ、あたしなんか……」

とうとう涙があふれだし、紅は両手で顔を覆う。師匠はその姿を見ても、「泣いたって何も変わらないよ」とそっけなかった。

「必死に生きている人間は、手を抜いている輩《やから》を嫌うもんだ。あんたはいつも苦労を嫌い、面倒を避けようとするじゃないか」

「で、でも、それは誰だって」

「誰もが同じとは限らないさ。一八郎さんだって金になりそうな仕事を断ってきただろう。受けたほうがよっぽど簡単なのに」

にやりと笑って言い返されて、紅は何も言えなくなる。恨めしげに睨んだら、師匠の笑みが深まった。

「悔しいと思うなら、少女カゲキ団の芝居をもっと必死にやってごらん。そうすりゃ中間為八を描かせて欲しいと、向こうから頭を下げてくるさ」

「でも……」

紅は少女カゲキ団の一員ではないと、一八郎に嘘をついた。それに為八の姿で描かれてもうれしくないと思っていると、

「このまま黙って引っ込めば、あんたは向こうに言われたことを自ら認めたことになる。惚《ほ》れた男に見下されたままじゃ、魚正の名が泣くんじゃないのかい」

突然「魚正」の名を出され、紅は驚いて顔を上げた。

「一八郎さんが興味を持つのは必死に頑張る人間だ。うまい芝居はできなくとも、必死にやるのはできるだろう」

ずいぶんひどい台詞《せりふ》だが、確かに師匠の言う通りだ。うまくやるのは難しくても、頑張るだけなら誰でもできる。

おとっつぁんはいつまでもあたしを守ってくれない。あたしもこれから頑張ることを覚えなくちゃ。

うなずく紅の両目からもう涙は流れなかった。

五

今年の夏は雨が多くて、まめやにちっとも客が来ない。けれども去年まで、夏はとにかく忙しかった。

芹はあちこちで上がる客の声に応えるだけで精一杯。盆に汁粉《しるこ》とお茶を載せて走り回り、気が付けば一日が終わっている。おかげで身体は疲れても、やり甲斐《がい》と心の張りがあった。

しかし、今年は客が少ないせいで、なかなか時が進まない。お天道様《てんと》も見えないので、いま何刻かもわかりにくい。虚《むな》しい疲れだけが溜《た》まっていき、広小路で働く人々の顔色も日増しに悪くなっていった。

今日、六月十四日もあいにくの曇り空である。芹は客引きがてら店先に立ち、灰色の空を睨みつけた。

いまの時刻は四ツ半（午前十一時）過ぎ、このまま夜まで降らずにいて欲しいと思っていたら、

「お芹ちゃん、そりゃ無理だよ」

まるでこっちの心を読んだような声がして、芹は勢いよく振り返る。そこには臨時雇いの澄がいて、したり顔でお城の上を指さした。

「ほら、あの雲を見てごらん。風はないけど蒸し暑いし、夜までなんて持ちゃしないよ。夕方までに降り出すだろう」

「それじゃ、花火は今夜も駄目ですか」

澄が雨を降らせるわけではないが、恨みがましい声が出る。花火さえ上がってくれれば、まめやの床几《しょうぎ》は埋まるのに。

だが、半月一緒に働いて、澄の天気を読む目に狂いはないと知っている。何しろ

「雨が降る」と言われて外れたことは一度もないのだ。

芹はしかめっ面で文句を言った。

「お澄さん、たまには晴れるって言ってください。せっかくの書き入れ時なのに、これじゃ商売になりません」

「だって、嘘はつけないだろう」

困ったように目を細め、小柄な相手は頬に手を当てて小首をかしげる。今年三十の人妻は、大女の小娘が太刀打ちできない色気があった。

この人を錦絵にしたほうが遠野官兵衛より売れそうだね。多少薹《とう》が立っているけど、あたしよりよっぽど絵になるわ。

澄のお告げを脇に置き、芹は余計なことを考える。まめやの臨時雇いは、それくらいきれいな人だった。

うりざね顔に富士額《ふじびたい》、女にしては切れ長の目はやや釣り目がちだ。化粧が薄いところも、どことなく粋《いき》な辰巳芸者《たつみげいしゃ》を思わせる。

本物の芸者になっていれば、さぞかし売れっ子だっただろう。

あたしもこういう見た目なら、立派な旦那を捕まえて踊りで身を立てられたかもしれないわ。

思うだけ無駄と知りながら、芹は我が身と比べてしまう。澄の色気に気圧《けお》されてみじめな気分になっていると、「お芹ちゃん」と呼びかけられた。

「急に黙っちまって、具合でも悪いのかい」

「あ、いいえ、何でもありません」

「なら、いいけど。お芹ちゃんは弱音を吐かないから気を付けろって、おかみさんから聞いてんだよ。今年は雨が多いせいで、夏風邪も流行っているようだ。具合の悪いときは我慢しないで言っとくれね」

親身な言葉が身に染みて、芹は笑顔で礼を言う。初対面のときからこの人は芹のことを気遣ってくれた。

――歳は大分食っているけど、ここじゃあんたが古顔だ。あたしが間違ったことをやらかしそうになっていたら、遠慮なく言っとくれ。

澄は所帯を持つ前、料理屋で仲居をしていたという。

いまは登美の居候《いそうろう》でも、かつては金持ち相手に料理を運んでいた人だ。

粗末な掛け茶屋で働くなんてみっともない、生意気な小娘に大きな顔をされてたまるものか――と忌々《いまいま》しく思っても不思議はないのに、澄は屈託なく話しかけてきた。

そして、すぐにまめやのやり方を覚え、新たな店の看板となったのである。近頃は「まめやに色っぽい女がいる」と噂になっているようで、澄目当てで立ち寄る男客もいるほどだ。

だからこそ、芹は腑に落ちない。

こんな見た目も性根もいい女房がありながら、お澄さんの亭主はどうして浮気をしたんだろう。そりゃ、うちのおとっつぁんみたいに、女を踏みつけにするろくでなしもいるけどさ。

登美から漏れ聞いた話によれば、澄の亭主の亀作《きさく》は腕のいい大工だとか。登美の倅《せがれ》が亀作の弟分として大工修業をしていたとき、澄にも世話になったという。

――亀作さんはお澄さんに首ったけで、うちの倅はよくあてられるとこぼしていたもんさ。それなのに他の女に手を出すなんて……人は見かけによらないよ。

世の男は「女房と畳は新しいほうがいい」と言う。腕のいい大工なら稼ぎだっていいはずだ。若い娘に言い寄られ、うっかりその気になったのか。

しかし、裏切られた女房はたまったものではない。浮気者の亭主とはさっさと縁切りしたほうがいいだろう。

お澄さんはきれいだし、まだまだ引く手あまただもの。子はいないようだから、やり直すのも簡単だしね。

町人の離縁と再縁は特にめずらしいことではない。子という鎹《かすがい》がいなければ、男も女も身軽なものだ。

芹の母はたった一度父に抱かれて、身籠《みごも》った。自分が生まれていなければ、母だって一生ろくでなしに囚《とら》われることはなかっただろう。

うちの両親はちゃんとした夫婦ですらなかった。一緒に暮らすようになったのだって、あたしに芝居の才があるとわかったからだし。

父の望みは、自分の血を引く芹を役者にすることだった。母への思いがあったわけではない。それでも、親子三人で幸せに暮らした日々があるせいで、母は父を思いきれない。いまの父から目をそむけ、川崎万之丞だった父のことだけ口にする。

世の中には男と女しかいないのに、どうしてうまくいかないのか。

それとも、男と女しかいないから、うまくいかないものなのか。

芹は考えるのが嫌になり、上を向いてため息をつく。いかにも「今日の空模様のせいで気が晴れない」と言わんばかりに。

夕方になり、澄の見立て通りに雨が降り出した。

「この調子じゃ、さっさと店じまいにしたほうがよさそうだねぇ。雨なんてもううんざりだよ」

めったに泣き言を言わない登美もさすがに困っているようだ。店先に出していた床几を片付け、女三人で腰を下ろす。

「お澄さんがいなかったら、もっと客が減っていた。あんたが手伝ってくれて本当に助かったよ」

「おかみさん、やめてくださいよ。助かったのはこっちのほうです」

芹の右隣に座った登美が礼を言えば、芹の左隣にいる澄が慌てた様子で頭を下げる。自分を挟んで話をされて、芹としては居心地が悪い。

だが、ここで立ち上がるのも失礼だろうと、おとなしく二人の話を聞いていた。

「このままずっと手伝って欲しいのはやまやまだけど、うちじゃお澄さんの働きに見合う給金を出せないからね。いまの客の入りなら、手伝いは二人もいらないからさ。お芹ちゃんのいるときは仕事探しをしておくれ」

「そうですよ。八のつく日以外なら、休んでもらって平気です」

話に自分の名が出たので、芹は意気込んでうなずいた。

澄のおかげで、夏の間も少女カゲキ団の稽古に行ける。この天気が続くのは困りものだが、手伝いはひとりで平気だろう。

しかし、澄は穏やかに「大丈夫だよ」と微笑んだ。

「この天気で困っているのは、広小路の店だけじゃない。大川端の料理屋も客が増えなくて困ってんだ。いまは出替わりの時期じゃないし、住み込みの仲居の口なんてそう簡単に見つからないよ」

「でも、探さないと、なおさら見つからないでしょう」

「それとも、いずれ亀作さんのところに戻る気かい」

心配する芹に続き、登美が意外なことを口にする。

とたんに、澄の顔色が変わった。

「おかみさん、馬鹿なことを言わないでください。お芹ちゃんの前ですよ」

「この子のことなら心配無用さ。役者上がりでろくでなしの父親と、その父親に惚れ込んじまった母親のせいで、歳のわりに世間を知っている。男と女のことなら、少々のことで驚くもんか」

さらに居づらくなったものの、登美の言い分は正しい。ぎこちなくうなずく芹を見て、澄は「でも」とためらった。

「お芹ちゃんだって片親でも立派に育った。浮気相手に子ができようと、亭主を譲ってやる義理はないんだよ」

雨で広小路の人通りがさらに少なくなったせいか、登美のひそめた声がやけに響く。

芹は黙っていられなかった。

「お澄さんは浮気相手の腹の子のために、ご亭主と別れようとしたんですか」

まさかと思って確かめれば、隣の澄の肩が揺れる。「そうだよ」と答えたのは登美だった。

「亀作さんはご面相はともかく、腕がいいから稼ぎもいい。それで質《たち》の悪い寡婦《やもめ》に目をつけられたのさ」

澄が泊まりがけで知り合いの看病に出かけたとき、寡婦は亀作を酔い潰《つぶ》し、男女の仲になってしまった。それから三月《みつき》後、いきなり夫婦の住まいに押しかけてきて「亀作さんの子を身籠った」と言い出したとか。

「あたしだって亭主を亡くした身だ。女ひとり生きていくのが大変なことくらい、重々承知だよ。でも、よその亭主を寝取った上に、腹の子を盾にするなんてやり口が汚すぎるってもんだろう」

しかも、腹の子の父親は亀作とは限らないと登美が言う。

「そういう身持ちの悪い女は何人も男がいるんだよ。そのうちの誰が父親か、当の女にもわかりゃしない」

特に亀作と澄は所帯を持って十年間、子ができなかった。たった一度の交わりで寡婦が孕《はら》むとは思えないと、腹立たしげに吐き捨てた。

「どうせ、関《かか》わりがある男の中で一番稼ぎがよかったから、『亀作さんの子だ』と言い張ってんだよ。あたしはそう言っているのに、お澄さんも頑固でねぇ。なかなか耳を貸さないのさ」

登美の怒りは思っていたより亀作に向いていないようだ。芹は意外な気持ちで右隣に目をやった。

おかみさんの息子はお澄さんの亭主の弟分だと言っていたっけ。できれば、元の鞘に納まって欲しいのかな。

しかし、それはどうだろう。芹は澄の亭主を知らないが、浮気をしたのは間違いない。澄ならもっといい人とやり直せると思っていたら、ややあって澄が言った。

「母親の身持ちが悪くとも、腹の子に罪はありません。お芹ちゃんだって本当はおとっつぁんと暮らしたかったでしょう」

やさしい澄がいかにも考えそうなことである。

芹は「とんでもない」と手を振った。

「うちのおとっつぁんは最初からおっかさんと一緒になる気なんてなかったんです。

小さい頃は一緒に暮らしていましたけど、あたしはもう父親だなんて思っていません」

父親の務めを果たさない金食い虫なら、いないほうがはるかにましだ。そんな思いを込めて言ったのに、澄はなぜか眉を下げる。

「でも、おとっつぁんと一緒に暮らした思い出があるだろう。あたしは不幸な子を作りたくないんだよ」

「お澄さんの気持ちはわからないでもないけどさ。あたしは他人の亭主に手を出した女が得をするのは許せないね」

芹は浮気した亭主に腹を立てたが、登美は寝取った寡婦がより気に入らないようである。そして、芹越しに澄の顔をのぞき込む。

「亀作さんはいまでもお澄さんと別れる気がないって聞くよ。もう一度話し合ったほうがいいんじゃないのかい」

澄は当てもなく家を出て、登美の居候になったわけではない。あらかじめ奉公先を見つけた上で、書き置きを残して家を出た。

しかし、亀作が目の色を変えて澄を捜し回った挙句、奉公先を見つけて乗り込んできたという。

「俺が悪かった、お願いだから帰ってきてくれって、派手に騒いだそうじゃないか。そのせいで池之端《いけのはた》の料理屋をお払い箱になったんだろう。お澄さんが本気で仕事を探そうとしないのは、また亀作さんが乗り込んでくると案じているせいじゃないのかい」

澄は口を一文字に結んで返事をしない。登美の言う通りなのだろう。

「亀作さんにはあたしの倅が世話になった。恩も義理もあるけれど、たとえ酔ったはずみでも浮気をしたほうが悪いんだから。お澄さんがどうしても別れたいなら、あたしはあんたの味方だよ」

どうやら、登美は強引に元の鞘に納めたいわけではなさそうだ。芹がほっとしていると、「でもね」と登美が続ける。

「お澄さんも知っての通り、あたしは亭主と死に別れだ。どんなに思いが残っていても、二度と亭主に会えやしない。けど、お澄さんは亀作さんと話し合うことができるんだもの。一度会ってやったらどうだい」

諭すような登美の声に澄が身を固くする。

そして、首を左右に振った。

「心配をかけてすみません。まだあの人には会いたくないんです」

「でも、そろそろここにいることを嗅《か》ぎつけるんじゃないかねぇ」

「あの人がまめやに押しかけてきたら、そのときこそちゃんと話します。けど、いまはまだ……」

うつむく澄の姿が痛々しくて、芹は思わず口を開いた。

「お澄さん、ご亭主が来たときはあたしも助太刀しますから」

登美は渋い顔をしたが、「余計な真似をしなさんな」とは言わなかった。


雨は六月十五日に一旦《いったん》上がった。

しかし、十六日の朝からまた激しく降り始めた。

「お天道様が顔を出さないで、どこが水無し月なんだか。これじゃ、水有り月、いいや、土砂降り月じゃないか」

暗く見通しの悪い外に目をやって、登美が忌々しげに吐き捨てる。

六月は「水無月《みなづき》」と呼ばれ、本来ならば夏の盛りだ。

青い空にお天道様が輝き、広小路を行き交う人々は「暑い、暑い」と言いながら茶店に寄ったり、冷や水売りを呼び止める。大道芸人はしたたる汗で鉢巻と着物の色を変えながら、熱弁を振るうはずだった。

時には暑さに音を上げて、「通り雨でも降らねぇか」と空を見上げることもある。そのくせ願い通りになれば、裾をからげて逃げ出すのだ。

夕立が小半刻《こはんとき》（約三十分）ほどで終わってしまうと、川から涼しい風が吹いてくる。お湿りで土埃《つちぼこり》の立たなくなった広小路には瞬く間に人が戻ってきて、日が暮れれば花火と大きな歓声が上がる。

それが両国の夏だった。

いくら天気は天の機嫌次第と言っても、雨ばかりじゃこっちの口が干上がっちゃうわ。おっかさんも青物が育たなくて困っているみたいだし。

まめやは筵《むしろ》掛けの仮小屋とはいえ、一応屋根がついている。だが、青物売りの母は天秤棒を肩に担いで屋根のない往来を行き来していた。

今朝もいつものように出かけたが、果たして本当に大丈夫か。いくら蓑笠《みのかさ》をかぶっていようと、長く雨の中にいれば身体は濡れる。いまは夏風邪も流行っていると聞くし、寝込まれたら大変だ。

もし、そのまま死ぬようなことになったら――頭をよぎった嫌な未来を、芹はかぶりを振って追い払う。雨で辺りが暗いから、つい縁起でもないことを考えるのだ。

それからしばらくして、正九ツ（正午）の鐘が鳴った。屋根の下からじっと空を睨んでいた澄が勢いよく振り向いた。

「おかみさん、今日はもう店を閉めましょう。この先、雨はもっとひどくなります よ」

はっきり断言されたおかげで、登美も覚悟を決めたらしい。「お澄さんがそう言うなら、間違いないね」とうなずき、こっちを見た。

「お芹ちゃんは先にお帰り。あたしとお澄さんも片付けをして帰るから」

「おかみさん、このところの雨で川の水かさも増しています。この店にあるものはすべて長屋に持って帰りましょう」

莚掛けの茶店は不用心な造りのため、金目のものはいつも登美が持ち帰っている。とはいえ、湯呑《ゆのみ》や小皿は置きっぱなしにしていたのに、澄は取り出した風呂敷《ふろしき》の上に湯呑を重ね出す。それを見て芹は焦った。

「お澄さん、この雨はそんなにひどくなるんですか」

まめやが流されることがあれば、広小路だって水浸しだ。もちろん、商いはできなくなる。

おっかさんの行商だってこの先どうなるかわからないのに。あたしまで稼げなくなったら、どうしよう。

そんな不安が顔に表れていたのだろう。澄は宥《なだ》めるように微笑んだ。

「用心ってのは、災難が起こる前にするんだよ。あたしだってこの雨で大川があふれるかどうかなんてわからない。でも、商売道具を持ち出しておけば、万が一があっても安心じゃないか」

「お澄さんの言う通りだ。手間を惜しんで泣きを見るのは、横着者《おうちゃくもの》のすることだよ」

登美も皿や小鉢を片付けだし、芹は慌てて「あたしも手伝います」と声を上げた。

「すり鉢《ばち》長屋はここから近いし、あたしは力持ちだもの。二人より三人のほうが一度にたくさん運べます」

「気持ちはありがたいけど、大丈夫だよ。それより、お芹ちゃんのおっかさんは大丈夫かい」

ひそかに気にしていたことを尋ねられ、芹は一瞬返事に詰まる。その様子を見て、登美は顔をしかめた。

「お和さんは今日も行商に行ったのかい。日銭稼ぎは休めないと言っても、こう雨続きじゃろくな青物もないだろうに」

「で、でも、おっかさんを待っていてくれるお客もいますから」

母は新参者に客を奪われることも多いけれど、「青物はお和さんから買うと決めている」と言ってくれる客もいる。

そして雨が降ろうと雪が降ろうと、人は必ず腹が減る。それを承知しているから、いつも通り出かける母を止めることができなかった。

しかし、澄は慌てた様子で「お芹ちゃん」と名を呼んだ。

「明日はわからないけど、この雨はもっとひどくなる。もしおっかさんが帰っていないようなら、迎えに行ったほうがいい」

その真剣な口ぶりに芹の心の臓が跳ねた。

母がどの辺りを売り歩くかは知っている。その中には、細い川べりや堀沿いの店や長屋もあった。

雨の日の草鞋《わらじ》は滑りやすい。堀近くでうっかり転げたら、はまって流されてもおかしくないわ。

そう思い至ったとたん、芹は落ち着きをなくしてしまう。見かねた登美が明るい口調で「大丈夫だよ」と言ってくれた。

「お和さんはしぶとい人だもの。もし長屋に帰っていなくとも、お芹ちゃんは下手に捜しに行きなさんなよ」

「で、でも」

「そんなにおっかさんが心配なら、ここで問答している暇にさっさとお帰り。明日も雨なら、店は開けない。晴れたときだけ来ておくれ」

「は、はい、それじゃお先に」

母のことが気がかりで、他には何も考えられない。芹は着物の裾を帯に挟むと、傘をさして往来に飛び出した。

だが、雨の勢いが強い上に、すり減った下駄では踏ん張りがきかない。気だけ急いですり鉢長屋に帰ってみれば、母はそこにいてくれた。

「おっかさん、無事でよかった」

もしも帰っていなかったら、捜しに飛び出していただろう。芹は安堵《あんど》のあまり、そのまま土間にしゃがみ込む。

当の母は渋い顔で濡れ鼠《ねずみ》の娘を見返した。

「残念ながら無事じゃないよ。ろくな青物が手に入らない上に、このひどい雨だろう。どこも雨戸を閉めていて、あたしの売り声に応えてなんてくれやしない。濡れるだけくたびれ儲けだと、諦めて帰ってきたんじゃないか」

ため息をつく母の目は、土間の泥だらけの籠《かご》に向けられていた。中の青物は色も形もさっぱりで、お世辞にもおいしそうとは言えなかった。

しかし、ここへ帰る道すがら「おっかさんが戻っていなかったら」と怯えていた芹である。憎まれ口も元気な証拠と笑って聞くことができた。

「それじゃ、今日はこれを食べようか。おっかさん、お昼はもう食べたのかい」

「いいや、あんたと同じくらいびしょ濡れで帰ってきて、ようやっと着替え終わったばかりだよ」

「だったら、あたしが何か作るよ。この青物を使うからね」

濡れた着物のまま泥のついた青菜に手を伸ばせば、母が持っていた手ぬぐいを投げてよこした。

「昼餉の支度より、先に着替えちまいな。そのままじゃ風邪を引くじゃないか」

怒ったような口ぶりは娘の身を案じればこそ。芹は「ありがとう」と返事をして、手ぬぐいで濡れた髪を拭いた。


翌十七日はさらに雨が激しくなり、芹は安普請《やすぶしん》の長屋の中で母と息をひそめていた。

たかが雨粒が降ってくるだけなのに、薄い板ぶきの屋根にぶつかってバラバラと音を立てる。その音がどんどん大きくなり、不安も一緒に大きくなった。

昼過ぎには雨漏りが始まってしまい、鍋《なべ》や桶をあるだけ並べた。

いまはまだポタリ、ポタリくらいだが、この勢いで降り続けば、もっとひどくなるはずだ。もしすり鉢長屋を一から建て直すようなことになれば、一体どうすればいいのだろう。

おかみさんのところには、お澄さんがいる。その上、あたしとおっかさんが世話になるわけにはいかないわ。

しかし、困ったときに頼れる人は登美しか思い浮かばない。一刻も早く雨が上がりますようにと、ひたすら願っているうちに夜がきた。

とても煮炊きをする気になれなくて、ありあわせのもので夕餉をすませる。屋根を打つ雨音と鍋や桶に落ちる水音が気になって、とても眠れたものではない。そう思って母を見れば、壁に寄りかかって寝息を立てていた。

こんなときによく眠れるもんだ。まめやのおかみさんに「しぶとい」と言われるだけあるよ。

とはいえ、この先は何があるかわからない。二人揃って寝ているわけにはいかないと思っていたにもかかわらず、いつの間にか寝ていたらしい。

十八日の朝、芹は「雨が上がったよ」という母の声ではね起きた。そのまま土間に飛び降りて、母の後ろから腰高障子《こしだかしょうじ》の外を見る。

「こりゃ、当分行商はできないね」

諦めたような呟きに芹は無言でうなずいた。

雨で濡れた油障子があちこち破れ、長屋の前はまるで泥田のようになっていた。すぐそばのどぶは雨水であふれ、どぶ板が外れてしまっている。今日はひとまず長屋の周りを片付けなくてはならないだろう。

屋根の修繕はその後として、どのくらい金がかかるだろう。芹が内心青くなると、ため息混じりの声がした。

「この調子じゃ、お屋敷の畑も駄目になっていそうだね。まったく、困ったことになったもんだ」

母は近隣の旗本屋敷で作られている青物を仕入れている。

百姓ならば畑の土が流されてもすぐに手を打つだろうが、武家屋敷の奉公人にちゃんとした手当てができるのか。不安そうな母を見て、芹は屋根の修繕についていまは考えないことにした。

とにかく、雨はやんだのだ。

「おっかさん、先のことはまたあとで考えよう。まずは久しぶりのお天道様に挨拶しなくちゃ」

　ここで先の不安に囚われたら、何もできなくなってしまう。芹は泥だらけの下駄を履き、着物の裾を帯に挟んで表に出た。

「おばさん、おはようございます。昨日はすごい雨だったね」

「ああ、本当にね。あたしはいつオンボロ長屋が流されるかと心配で、一晩中眠れなかったよ」

　隣に住む女房は一足早く自分の家の前の泥を掻《か》き出していた。誰しも思うことは一緒だと、芹は大きくうなずく。

「あたしも生きた心地がしなかった。ところで、おじさんは？」

　隣の夫婦は揃って両国の船宿「風柳《ふうりゅう》」で働いている。大雨が上がったばかりの川に船を出そうとする馬鹿はいないだろうし、そもそも船宿の仕事があれば、女房も一緒に出掛けるだろう。

　女所帯ならいざ知らず、こういうときこそ男の出番だ。何をしているのかと思っていたら、「朝一番で風柳に行った」と教えてくれた。

「おばさんは行かなくていいんですか」

「あたしまで行っちまったら、ここが片付かないじゃないか。店の片付けは亭主ひとりでするわけじゃないからね」

そう言って笑う女房の頬には泥がついている。それを教えるべきか迷っていると、聞き捨てならないことを言われた。

「今年の夏は天気が悪くて船を出せないことも多かったのに。柳橋《やなぎばし》まで落ちたんじゃ、船宿はお先真っ暗だよ」

柳橋は両国と浅草を結ぶ橋である。

芹は慌てて詰め寄った。

「おばさん、柳橋が落ちたのかい」

「ああ、亭主を呼びに来た住み込みの若い衆がそう言ってた。神田川《かんだがわ》沿いじゃ、あちこち水があふれたみたいだ」

ならば、広小路も水浸しになっていてもおかしくない。芹は腰高障子を開けて母に叫んだ。

「おっかさん、あたしはこれからまめやに行ってくる。すまないけど、長屋の片付けをお願いね」

早口で言い終えると、勢いよく歩きだす。

本当は走りたかったが、うっかり転べば、大変なことになる。一歩一歩気を付けて、それでも精一杯急いで広小路にたどり着けば、そこには柱だけになったまめやがあった。

「おかみさん、これは一体」

「ああ、お芹ちゃん。来てくれたのかい。残念ながら見ての通りさ。今日は商いができないよ」

あらかじめ引き上げてあった湯吞や皿は無事だが、床几の半分は駄目になったという。だが、登美は思いのほかケロリとしていた。

「うちみたいな仮小屋はすぐ駄目になる代わりに、すぐ直せる。でも、落ちた橋はそうもいかないからね」

登美が指さすほうに目を向けて、芹は言葉を失った。隣の女房が言った通り、橋桁《はしげた》を流された柳橋が無残な姿をさらしていた。

「柳橋はちょうど神田川が大川に流れ込むところにかかっているじゃないか。水かさを増した大川の流れが強すぎて、神田川の水があふれたんだろう。不幸中の幸いは、広小路中が水浸しにならなかったことさ」

「それに、おかみさんには勇吉《ゆうきち》さんという倅がいるもの。お芹ちゃん、まめやは二、三日で商いを始められるわよ」

へこたれないまめやの店主に朗らかな笑みの澄が続く。二人の言い分が正しいことはわかっていても、芹はすぐにうなずけなかった。

このぬかるみ具合では、地べたが乾くまでに数日かかる。

花火が上がるようになれば、客も増えると思うけど……急いで店を開けたところで、お客が来てくれるだろうか。いまは晴れていたって、また雨が降るかもしれないし……。

益体《やくたい》もないことを考えるうち、ふと大事なことに気が付いた。

「勇吉さんはお澄さんのご亭主の弟分でしたよね。ここでお澄さんと顔を合わせたら、告げ口されたりしませんか」

亭主と別れたい澄は居場所を隠したいはずだ。

登美は「心配いらないよ」と請け合った。

「あたしがしっかり息子の口止めをしておくから。今度の大雨じゃ、お澄さんのおかげで商売道具も助かった。恩人を売ったりするもんかね」

力強い言葉に肩の荷を下ろすと、「それより」と登美が話を変えた。

「すり鉢長屋とお和さんは大丈夫かい」

「はい、雨漏りはしますけど、おっかさんも長屋も無事です」

「それを聞いて安心したよ。そういや、お芹ちゃんのお師匠さんはどこに住んでいるんだっけ」

「高砂町です」

「もう様子は見に行ったのかい」

「まさか。真っ先にここへ来ましたから」

踊りより仕事のほうが大事だと、芹の語気が強くなる。すると、登美は意外なことを口にした。

「だったら、見に行ってやったらどうだい。あんたのお師匠さんのところも女所帯だろう」

登美に言われるまで、芹は師匠のことをかけらも心配していなかった。「お師匠さんは何があっても大丈夫」と勝手に思い込んでいた。

だが、落ち着いて考えれば、登美の言葉はもっともである。まめやは骨組みだけになり、柳橋が落ちたほどの大雨だ。花円の稽古所はすり鉢長屋よりしっかりした造りだけれど、何事もないとは言いきれない。

稽古場が濡れて駄目になれば、しばらく芝居の稽古もできなくなる。芹はにわかに浮足立った。

一方、澄は感心したような声を出す。

「へえ、お芹ちゃんはそのお師匠さんに何を習っているんだい」

「踊りだよ。この子は東流の家元に踊りの才を見込まれてね。タダで教わっているんだから」

「おかみさんっ」

かつて花円と言い合ったことなど忘れたように、登美が得意げに胸を張る。澄が
「それじゃ」と手を叩いた。

「お芹ちゃんが八のつく日に休むのは、踊りの稽古のためだったのね」

「ああ、そうだよ。お芹ちゃん、今日は稽古どころじゃないだろうけど、ひとまずのぞいて来てごらん。お師匠さんが女ひとりで困っているかもしれないよ」

花円の弟子は金持ちの娘ばかりである。稽古所が水浸しになっていても、雑巾片手に片付けることなどできないだろう。芹は登美と澄に何度も頭を下げ、西に向かって駆けだした。

広小路と高砂町はいくらも離れていない。その上、「ぬかるみにはもう慣れた」と、油断したのが間違いだった。大きく踏み出した下駄が泥にすべり、芹は前のめりに転んでしまう。

慌てて立ち上がり、着物についた泥を払ったが、大きな茶色のしみは落ちなかった。

こんなみっともない恰好《かっこう》で師匠の前に出てもいいのだろうか。芹は一瞬迷ったものの、一刻も早く無事を確かめたくて歩き出す。すると、いつもと同じ稽古所の生垣が目に入った。ここから中の様子は見えないが、きっと生垣と同じように無事のはずだ。ほっと息を吐いたとき、稽古所の前の駕籠に気が付いた。

「お嬢さん、足元に気を付けてくだせぇよ」

「ええ、わかっているわ」

そう答えて駕籠から姿を現したのは、少女カゲキ団の新入り、静だった。地べたがひどくぬかるんでいるため、わざわざ駕籠で来たらしい。芹は泥だらけの自分を見られたくなくて、慌てて塀の陰に隠れた。

静は二人の女中を連れて稽古所の中に姿を消す。駕籠かきは立ち去る様子がないので、待つように言われているのだろう。

お静さんは箱入り娘だと聞いていたけど、こんなときによく外出が許されたもんだ。お師匠さんの無事を確かめたら、すぐに帰るつもりだね。

もし少女カゲキ団の稽古に来たなら、女中を稽古所に入れないだろう。ひょっとすると、才や仁も来ているのか。

ひとり遅れをとってしまったと、芹は肩を落とす。

いや、そもそも貧乏人の分際で張り合うほうが間違っている。四人はこんなときでも振袖で訪れるお嬢さんだ。着物と手足を泥だらけにして歩いてくる自分とは違う……。

うっかり落ち込みかけてしまい、強いて違うことを考える。

そういえば、お静さんの背丈は女中二人と同じくらいだった。侍姿をしているときは、あたしと同じくらいかと思ったのに。

もし静が自分と同じくらいなら、女中より背が高いはずだ。やはり普段から背を盗んでいるらしい。

大店の娘だって「器量よしだが大女」と噂されるのは嫌だろうしね。お静さんも大変だ。

静も自分と同じ大女だと思ったとたん、ぐっと親しみが湧《わ》いた。

しかし嫁に行けば、嫌でも夫に本当の姿がわかってしまう。それとも、嫁いでしまえば大女とばれてもいいのだろうか。

芹は釈然としないまま、稽古所の玄関で声をかける。

すぐに花円が出てきてくれた。

「おや、お芹も来たのかい。いくら八のつく日と言ったって、今日はさすがに来られないと思っていたよ」

「お師匠さん、おはようございます。こんな姿ですみません。あたしはお師匠さんが心配で様子を見に来ただけなんです。稽古をしに来たわけじゃありません」

「とか何とか言って、本当は稽古場が無事か見に来たんだろう。いま濯《すす》ぎの桶を持ってくるから、待っといで。お兼さん、頼めるかい」

師匠が呼ぶと、玄関脇の部屋から才のお供の女中が顔を出した。この女中がいるということは、すでに才も到着している。恐らく、紅もいるだろう。

兼に持ってきてもらった濯ぎで足を洗い、雑巾で拭く。礼を言えば、兼は懐《ふところ》から手ぬぐいを差し出した。

「よかったら、お使いください」

芹が雑巾で着物を拭かなかったので、気を遣ってくれたようだ。芹は作り笑いで断った。

稽古場には、すでに自分以外の少女カゲキ団員が揃っていた。

「誰かしら様子を見にくるかと思ったけど、全員揃うとは思わなかったよ。この様子じゃ、あんたたちのほうも無事だったようだ」

「はい、おかげさまで」

次いで、師匠はからかうような目を静に向けた。

「それにしても、静花はよく家から出してもらえたじゃないか」

「はい、お師匠さんが心配だから、無事を確かめたらすぐに戻ると父に約束して参りました」

「なら、大事なことだけ急いで話すとしよう。才花、お兼さんにはちゃんと言い含めてあるんだろうね」

今日は玄関脇の部屋に供の女中も勢揃いしている。

才が心得顔でうなずいた。

「もちろん、こちらの話を立ち聞きなんてさせません。でも、十分気を付けてお話しください」

「ああ、わかってるさ。あんたたちも大きな声を出すんじゃないよ。お供の女中に何事かと思われるからね」

師匠はそう釘《くぎ》をさし、再び静に目を向けた。

「前の稽古で静花が帰ってから、果し合いは踊りでやることになったんだよ。あと、竜太郎が自害する前も踊りを入れる」

さすがに意表を突かれたのか、静が切れ長の目を丸くする。

「それはまた……振りはお師匠さんが付けてくれるんですか」

「ああ、厄介な弟子たちに押し付けられた。あんたは踊りに加わらないが、話しておこうと思ってね」

「わかりました」

師匠の言葉に逆らうことなく、静がうなずく。

仁が横から口を出した。

「ところで、肝心の踊りの振りは決まりましたか」

「うるさいね。まだに決まっているじゃないか。あたしだって忙しいんだ」

師匠は生意気な弟子を叱りつけ、「ああ、そうだ」と呟いた。

「振り付けをしながら思ったんだが、やっぱり言葉はあったほうがいい。役者の台詞じゃなくて三味線に合わせた語りなら、それほど野暮にならないだろう。花仁はその文句を考えとくれ」

「それは構いませんが……語りをつければ、お師匠さんの正体がわかってしまうんじゃありませんか」

仁がとまどいながらも引き受けると、師匠は口の端を上げた。

「なに、心配はいらないさ。飛鳥山で語るのは花仁、あんただもの」

「えっ」

「あんたの声は案外通りがいいからね。まして自分で考えた泣かせ文句を自ら語るんだもの。さぞかし気持ちが入るだろう」

期待しているよと続けられ、仁は首を左右に何度も振る。次いで「無理です」と師匠に訴えたが、あいにく譲ってもらえなかった。

「だって、あたしの声で正体がばれたらまずいんだろう。芝居に出ないあんたがやるしかないじゃないか」

「芝居はともかく、あたしに語りなんてできません。お願いですから、三味線だけの踊りにしてください」

芝居は上手《うま》くこなしたのに、語りはどうしても嫌らしい。泣かんばかりの仁を見て、師匠は目つきを険しくした。

「あんたはいままでお芹や才花、花紅にも無理を言ってきたじゃないか。それなのに、自分は無理だ、やりたくないで通ると思っているのかい」

「で、ですが」

「狂言作者が自分の芝居で手を抜いてどうするのさ。『再会の場』よりも、いい芝居にしたいんだろう」

そんなふうに言われてしまえば、否とは言えなくなってしまう。うなだれる仁に才と紅が声をかけた。

「お仁ちゃん、頑張ってね」

「そうよ。期待しているわ」

仁は恨めしそうに二人を見たが、言い返しはしなかった。気持ちはともかく、頭では師匠の言い分を受け入れたらしい。静は黙って周りの話を聞いている。

芹はそんな静の様子を横目でうかがっていた。稽古所に入る前に見た女中と並んで歩く姿が頭から離れない。

座っていると、背丈がよくわからない。お静さんのお供の女中も大野屋のお兼さんみたいに大柄ってことはないわよね。

兼は女ながらにヤットウの心得があり、大の男も投げ飛ばせると、才から聞いたことがある。静のお供も用心棒を兼ねているのだろうか。

しかし、そんな女中が何人もいるとは思えない。あれこれ悩んでいるうちに、芹は下腹に痛みを感じてうろたえた。

月のものはまだ先のはずなのに……もう始まったのかしら。

いくら女ばかりでも粗相をしてはみっともない。芹は慌てて立ち上がった。

「すみません、ちょっと失礼します」

急ぎ足で厠《かわや》に行くと、幸い勘違いだった。下腹の痛みは続いているものの、さらに着物が汚れなくてほっとする。

川開きから何かと気の揉めることが続き、働く時間も長くなった。その上、昨夜は生きた心地もしなかった。身体の疲れと気疲れがひとつになって、この痛みを生んでいるのだろう。

いまは夏風邪が流行っているというし、その兆《きざ》しかもしれない。師匠のところは無事だったし、長屋の片付けは後回しにして、今日は早めに横になろう。

ため息をついて稽古場の襖を開けると、ちょうど静が立ち上がったところだった。

「お芹、静花は駕籠を待たせているから帰るってさ」

ならば、先に稽古場から出てもらおう。芹は廊下に膝をついたまま、静に手振りで退出を促した。

続いて立ち上がろうとして、芹は立ち眩《くら》みを起こしてしまう。とっさにそばにいた静にしがみつき――次の瞬間、突き飛ばされた。

「ちょっとお芹さん、大丈夫？　顔色が悪いわよ」

「お静ちゃん、何も突き飛ばさなくてもいいでしょう」

「お芹さん、ごめんなさい。お静ちゃんはびっくりしただけなの」

才は芹を気遣い、紅は静を非難する。仁は静をかばったが、当の静は何も言わずにそそくさと立ち去った。

芹は才たちのかしましい騒ぎをよそに、廊下に座り込んでいた。自分の手に残る感触を信じられず、じっと両手を見てしまう。

この世には男と女しかいない。

静の身体は硬く、女らしい柔らかさがまるでなかった。

にわかに信じられないけど……お静さんは男だったのね。それを隠すために、常日頃から背を盗んでいたわけか。

そう考えれば、辻褄《つじつま》は合う。

だが、どうして静は世間を偽り、女の恰好をしているのか。

静が男であることを花円は知っているのだろうか。もしそうなら、何ゆえ少女カゲキ団に入れたのだろう。

ひとつ謎《なぞ》が解けると、すぐに別の謎が浮かんでくる。

途方に暮れて師匠を見れば、目が合ってにやりと笑われた。

その笑みの意味を摑みかね、芹はますます混乱した。

六

三日前の大雨で浅草も被害が出たものの、幸い蔵前周辺は大きな害もなく、天王町《てんのうちょう》の大野屋も無事だった。

だが、柳橋に近い神田川沿いの平右衛門町《へいえもんちょう》や茅町《かやちょう》では、畳の上まで水につかった家も多かった。夏を前に客間のしつらえを新しくした料理屋や船宿は、替えたばかりの畳や襖を泣く泣く入れ替えているのだとか。

また、小日向《こひなた》では大洗堰《おおあらいぜき》の石垣が崩れたと聞いた。

大洗堰は神田上水の取水口にあたり、そこから運ばれる水道の水が日本橋《にほんばし》南一帯の暮らしを支えている。これからしばらくその界隈《かいわい》の住人は難儀をすることになるだろう。

そして大きな災難があるたびに、大野屋の店先には大勢の旗本御家人が我先にと押しかけてくる。

「いまのままでは、我が屋敷で眠ることさえままならぬ。ただちに三十両用立ててもらいたい」

「この度の災難、誠にお気の毒なことでございます。ですが、二年前にご用立てした金子の利息すら払っていただいておりませんので」

「ならば、泥にまみれた畳の上で寝起きせよと申すのか」

「そのようなことは決して申しておりませんです」

「金が貸せぬとはそういう意味であろう。天災に遭《あ》って苦しむ旗本に金を出し惜しむとは、何たる無礼。それが札差のすることかっ」

「ですが」

「我らのおかげでさんざん儲けておきながら……ええい、手代などでは埒《らち》が明かん。いますぐ主人を連れてまいれ」

母屋と店は離れているにもかかわらず、激高した武士の声が聞こえてくる。言い返す手代の声まで聞き取れるのは、客に負けないよう大声を出しているからだろう。

札差の仕事は蔵米取りの旗本御家人に代わって蔵米を受け取り、金に換えて渡すことだ。また先々支給される蔵米を担保に金も貸す。

幕府が潰れない限り、家禄《かろく》は必ず支給される。

本来ならば断る筋の借金ではないのだが、先祖代々の借金がかさみ過ぎ、これ以上は貸せない家も少なくなかった。

今度の大雨では、小日向に近い小石川《こいしかわ》でも水があふれたらしい。小石川には広大な水戸徳川家上屋敷《みととくがわけかみやしき》の他に、小禄の旗本御家人の拝領屋敷も数多《あまた》ある。大声で手代に詰め寄っているのは、小日向か小石川に住む旗本だろうか。

懐が厳しくて、壊れた屋根や塀をそのままにしている武家屋敷が多いというもの。この間の雨でとどめを刺されてしまったのね。

大きな火事や風水害の後は、材木の値や職人の手間賃が跳ね上がる。まめに手入れをしていれば、もっと安くすんだはずだ。

もっとも、大野屋に来るのは屋敷が壊れた連中だけではない。

自分の屋敷は無事であっても、知り合いや上役が困っていれば見舞いに行くことになる。その際、手ぶらでは行けない上に、包む金額も決まっていて、少ないと爪弾《つまはじ》きにされるとか。

常日頃「金は不浄だ」「金儲けは卑しい」と言っておきながら、いざというときは問答無用で金を差し出させるなんてずうずうしい。面の皮千枚張りとはこのことね。

店から聞こえる大声に呆れ果てる才の手には、仁が用意した「忍恋仇心中　仇討の場」の書き抜きがあった。

今日は三味線の稽古の日だが、師匠の家は茅町だ。昨日の夕方、遣いが来て「片付けがまだ終わらないので、稽古は日延べして欲しい」と言われてしまった。三味線のお師匠さんもお気の毒に。おとっつぁんに頼んで、誰か手伝いに行かせたほうがよかったかしら。

茅町の師匠も花円と同じ独り者の女師匠だ。こういう災難に遭ったとき、男手がないのは大変だろう。

そして、東花円の稽古所が無事でよかったと改めて思った。

もし高砂町の稽古所が駄目になれば、少女カゲキ団の稽古ができなくなる。才はそれが心配で、雨がやむと駕籠に乗って高砂町に馳《は》せ参じた。

まさか、そこで少女カゲキ団の全員が顔を揃えるとは思わなかった。特に静の親はうるさいから、来られないと思っていたのに。

お静ちゃんもお師匠さんのことが気がかりだったのね。すぐに帰ってしまったから、稽古はできなかったけど。

最初に稽古所に来たのが仁で、次が才。続いて紅と静がやってきて、最後に来たのが芹だった。

実のところ、才は芹も来られないだろうと思っていた。

柳橋が落ち、石造りの頑丈な大洗堰が崩れたほどだ。芹の働くまめやはもちろん、住んでいる長屋だって正直無事とは思えない。茶店や長屋の片付けに追われていると思っていた。

師匠も同様だったらしく、着物を泥だらけにして駆けつけた芹を見て、驚いた顔を隠さなかった。次いで「せっかく全員揃ったから」と意外なことを告げられた。

まさかお仁ちゃんが語りをすることになるとはね。いまごろは頭を抱えているでしょう。

青い顔でうろたえていた狂言作者を思い出し、才は意地の悪い笑みを浮かべる。

もともと仁の狂言は言葉足らずなところがあった。踊りに語りを入れることで、もっとわかりやすくなるはずだ。

お仁ちゃんはいままであたしやお紅ちゃんに厳しいことを言っていたもの。できないことを強いられる苦労を少しは味わえばいいんだわ。

とはいえ、仁のことだ。どれほど嫌がっていようとも、娘客が泣いて喜ぶようなうまい言葉をつけるだろう。才は期待をふくらませつつ、書き抜きに目を落とす。

役者としては芹に劣っても、踊りの技量はこっちが上だ。芹が幼い頃から役者の修業をしてきたように、自分も踊り続けてきたのだから。

お師匠さんはどんな振り付けを考えているのかしら。

お紅ちゃんはともかく、お芹さんと一緒に踊るのは初めてだもの。うまく息が合うといいけれど。

あんなに気が重かった果し合いがいまでは楽しみになっている。才は我知らず苦笑して、ふと静が芹を突き飛ばしたときのことを思い出した。

あのとき、芹は顔色が悪かった。才が「大丈夫？」と声をかけると、本人は「立ち眩みを起こしただけ」と言っていた。

お静ちゃんはいきなりしがみつかれて驚いたのかもしれないけど、知り合いを突き飛ばすなんてやりすぎよ。その後も謝りもしないで帰ってしまうし……お芹さんだって怒っていないはずがないわ。

芹は普段からみすぼらしい恰好をしているが、あの日は特にひどかった。どこかで転んだのか、洗いざらしの単衣《ひとえ》には乾いた泥汚れがたくさんついていた。静はその泥が自分の着物につくと思い、芹を振り払ったに違いない。

才だって静の立場なら、同じことをしないとは言いきれない。

だが、とっさに同じことをしても、自分だったらその場で謝る。芹もよほどびっくりしたのか、目を丸くして座り込んでいた。

次の稽古で互いに気まずくならなきゃいいけれど。あの二人のいまわの際のやり取りが加わらなくてよかったわ。

これからの稽古について考えていると、廊下を歩く足音がした。才は持っていた書き抜きを振袖の袂《たもと》に隠す。

「おオ、いるのか」

兼か蔵かと思いきや、驚いたことに父である。背筋を伸ばして返事をすれば、父が部屋に入ってきた。

「何をしていた」

「書を読んでいました」

才の返事に、父が文机《ふづくえ》をちらりと見る。眉間にしわが寄ったので、才は内心ひやりとした。

「おまえは十六にもなって、『女庭訓御所文庫《おんなていきんごしょぶんこ》』なぞ読んでいるのか。『源氏物語《げんじものがたり》』は目を通しているのだろうな」

「もちろん読みましたけれど、ずいぶん前のことですから。どんな話か思い出すため、『女庭訓御所文庫』に目を通していたんです」

平安時代に書かれた「源氏物語」は上流の女のたしなみとされている。

しかし、とても長いので、きちんと読み通している人は少ないだろう。「女庭訓御所文庫」は「源氏物語」の手軽な手引きで、作者の紫式部《むらさきしきぶ》のことや、それぞれの巻の名前などが載っていた。

下手に男勝りの本を読んでいれば、「女のくせに生意気な」と叱られる。だから「女庭訓御所文庫」にしたのだが、これもお気に召さないようだ。

あたしが何をやったって、おとっつぁんは気に入らないのね。まったく、嫌になっちゃうわ。

くすぶる苛立《いらだ》ちをきれいに隠し、才は何食わぬ顔で父に尋ねた。

「ところで、あたしに何の御用でしょう」

父は用もなく、娘の部屋に来る人ではない。普段から仕事と遊びで忙しく、特にいまは大雨の後で店がごった返している。

さっさと言いたいことを言って、立ち去ってもらいたい。

そう思って聞いたのに、父の口は妙に重い。めずらしく無言で才を見つめ、ややあって口を開いた。

「お才、おまえに縁談がある」

才は大きな目を見開いて父を見た。

「……お相手はどなたでしょう」

覚悟をしていたはずなのに、いざとなれば声が震える。

女の幸不幸は一緒になる相手次第だ。父はすぐに教えてくれた。

「寄合旗本《よりあいはたもと》秋本《あきもと》家の御嫡男、利信《としのぶ》様だ。歳は二十歳《はたち》でいらっしゃる。十六のおまえとは頃合いだろう」

「御旗本、ですか」

問い返してしまったのは、にわかに信じられなかったからだ。

父は表向きへりくだっていたけれど、裏に回れば「家柄だけの連中だ」と旗本を見下している。

計算高い商人は名より実を重んじる。勢い、自分の嫁ぎ先は大店の跡取りになるだろうと勝手に思い込んでいた。

とっさに顔をしかめれば、父に「勘違いするな」と睨まれた。

「お相手はうちの店先で騒いでいるような蔵米取りの雑兵《ぞうひょう》ではない。秋本家はいまでこそ無役だが、由緒正しき三千石の御《ご》大身《たいしん》だぞ。おまえは大勢の家来を従える本物のお殿様の奥方になる」

本来ならば、町娘など妾になるのも恐れ多いお相手だ――続けられた父の言葉に、ますます才の顔がこわばった。

「おまえが怖気《おじけ》づくのも無理はない。だが、武家娘に見劣りしないだけの行儀作法は身に付けさせているはずだ。嫁入り支度はこの大野屋の名に懸けて、大名家の姫にも負けないものを用意してやろう」

自分の言いたいことだけ言い、父は部屋から出ていった。才は再び書き抜きを見る気になれず、開け放してある障子の向こうに目を向けた。

昨日植木職人が来ていたので、見た目は整えられている。綻《ほころ》び始めた木槿《むくげ》の花がすべてなくなっていた。

花びらの薄い木槿の花は雨に弱い。庭師は見苦しいと思ったのだろう。

そういえば、木槿と芙蓉《ふよう》って似ているわよね。おとっつぁんはどうして木槿を植えたのかしら。

そんなどうでもいいことを考えるのは、たったいま知った縁談を受け入れることができないからだ。

おとっつぁんの決めた相手に嫁ぐ。それは前からわかっていたし、覚悟していたことじゃないの。

自分で自分を叱咤《しった》するも、頭は空回りしてしまう。

先方は大野屋の金が目当て、父は三千石の旗本と縁戚《えんせき》になるのが狙いだろう。いくら金があっても、商人は所詮町人だ。いままでも客の旗本から、身分を盾に無理難題を言われてきた。

だが、娘が三千石の奥方様になれば、旗本にも大きな顔をできるようになる。

――大野屋の娘なら、誰よりも上手にできて当たり前だ。

――親に恥をかかせるな。

そう言って芸事や行儀作法を厳しく身に付けさせたのは、いずれ大身旗本に嫁がせる心づもりがあったからか。道理で厳しかったわけだと、才は投げやりな気分になり――次の瞬間ハッとした。

町人上がりの奥方は、ただでさえ周囲の風当たりが強いだろう。さらに少女カゲキ団の水上竜太郎だとわかったら、大変なことになってしまう。

暑い最中にもかかわらず、才は寒気を覚えて身震いした。

あの父が不確かなことを口にするとは思えない。実際の結納、嫁入りはまだ先でも、縁談は決まったも同然のはず。いまはばれていなくとも、このまま芝居の稽古を続けて大丈夫か。

才はにわかに浮足立ち、袂に隠した書き抜きを簞笥にしまう。そして、武鑑《ぶかん》を見るために母のところへ行った。

「私も昨夜、旦那様から話を聞いたばかりなの。秋本家のご先祖には町奉行をお務めになった方もいらっしゃるとか。おまえは秋本様の分家の養女となって嫁ぐことになるとおっしゃっていたわ」

「そうですか」

浮かれる母とは裏腹に、武鑑を受け取った才は冷ややかな声を出した。

大野屋の娘であることを嫌っていても、武家の養女になりたいなんてかけらも思ったことはない。そんな娘の気持ちも知らず、母が興奮した面持ちで付け加える。

「自分の娘が三千石の奥方様になるなんて。手近なところで手を打たなくて本当によかったわ」

さては田中屋《たなかや》や湊屋《みなとや》との縁談が流れたことを言っているのか。才は非難がましい目を向けてから、武鑑を手に立ち去った。

武鑑には「大名武鑑」と「旗本武鑑」があり、当主の名や石高、家紋、屋敷の所在、就いている役職などが記されている。それによれば、秋本家の家紋は三《み》つ巴《どもえ》、屋敷は青山、所領は下総《しもうさ》にあるようだ。

青山なんて江戸の外れじゃないの。さては古い屋敷が雨で壊れでもしたのかしら。

新たに建て直すお金がなくて、札差の娘をもらう気になったとか……。

時期が時期だけに、そんな勘繰りさえしてしまう。

先方にとって大事なのは、大野屋の娘の持参金だ。本心から札差の娘を迎えたいわけではないだろう。

あたしだって三千石の奥方様なんてぞっとするわ。でも、こっちから断ることなんてできないもの。この先どうなるのかしら。

噂に聞く武家暮らしは、ろくでもない話が多い。

いまだって十分窮屈なのに、さらに堅苦しい暮らしを強いられるなんてまっぴらだ。

才は自分が生きたまま地の底に埋められるような気分になった。

お紅ちゃんが言っていた駆け落ち娘も、いまのあたしと同じような心持ちになったのかしら。

話を聞いた直後は「傍迷惑な娘だ」としか思えなかった。だが、自分も同じ立場になると、逃げたくなる気持ちがよくわかった。

それに向こうは三百石だが、こっちは三千石の大身だ。敷居の高さと厄介さは駆け落ち娘の比ではない。

あの「加賀見山《かがみやま》旧錦絵《こきょうのにしきえ》」でも、中老尾上《ちゅうろうおのえ》は町人上がりというだけで岩藤《いわふじ》にいたぶられていたじゃないの。あたしだってどんな扱いをされるかわからないわ。嫁いでからのことに思いを馳せれば、不安ばかりが大きくなる。才は居ても立ってもいられなくなり、八丁堀《はっちょうぼり》の小田島《おだじま》淑《とし》を訪ねた。

「お才さん、急にどうしたんです。今日は稽古の日ではないでしょう」

「ええ、いきなりお邪魔して申し訳ありません。お師匠さんにどうしてもうかがいたいことがあって」

驚きを隠さない相手に向かい、才はおずおずと切り出した。

お茶とお花の師匠である淑は、一番身近な武家の妻女だ。

もちろん、御家人の小田島家と三千石の旗本を同じく考えるつもりはない。それでも武家である以上、少しは参考になるだろう。

「実は縁談がありまして」

詳しいことは伏せたまま、大まかに事情を語る。淑は余計な口を挟むことなく、最後まで話を聞いてくれた。そして、おもむろに才の手を取ると、「そうでしたか」とうなずいた。

「ならば、いますぐに思い人とは別れなさい」

言われた意味がわからなくて、才は「えっ」と声を上げた。

「先方に知られたら、あなたも相手もタダではすみません。武士は人一倍面目にこだわりますよ」

相手の真剣な口ぶりに才は目をしばたたく。ややあって、淑の勘違い――才には親に隠れて思い合っている男がいると信じていることを思い出した。

ここは下手に言い訳するよりも、認めたほうが話は早い。才は嘘を重ねる後ろめたさを感じつつ、「わかっています」とうなずいた。

「あの人と一緒になれないと、ちゃんと覚悟はしていました。本当に縁談が決まったら、すぐに別れます。それよりお師匠さん、あたしはお武家の奥様としてやっていけるでしょうか」

「行儀作法ということでしたら、案じることはありません。お才さんは並みの武家娘よりよほどきちんとしています」

淑はすぐさま請け合ってくれたけれど、才は鵜《う》呑《の》みにできなかった。蔵米取りでは通用しても、三千石ではわからない。

「ですが、苦労はするでしょう。お才さんの嫁ぎ先は恐らく立派なお家柄で、いまは無役なのでしょうから」

ものの見事に見透かされて、才はおろおろしてしまう。「どうしてそれを」と呟けば、淑は含み笑いをした。

「大野屋ほどの商人が、ただの貧乏旗本に娘を嫁がせるとは思えません。また立派なお役目に就いていれば、いくら裕福であろうとも町人の娘を正妻にはしないでしょう。答えはおのずと明らかですよ」

今度の縁組の狙いは誰の目にも明らかからしい。理路整然と説明されて、才は恥ずかしくなった。

「言っては悪いけれど、そういう家のお人ほど気位が高くていらっしゃいます。お才さんが優秀であればあるほど、『町人上がりが生意気な』と厳しい目を向けるでしょう。せめて我が家が旗本ならば、少しは力になれたのだけれど」

そう話す淑の声がだんだん小さくなっていく。

小田島家は御家人、しかも町方役人である。町人からは「町方の旦那」と敬《うやま》われても、武家からは「不浄役人」と蔑《さげす》まれる立場だった。

「つまり、嫁ぎ先に大金を貢《みつ》いだところで、あたしは蔑《ないがし》ろにされるということですね」

言いにくいことをはっきり言えば、とたんに淑の目が泳ぐ。とっさに「そこまでは」と打ち消しかけたが、続く言葉は出てこない。才はここに来たことで、ますます気持ちが沈んでしまった。

大野屋の娘として、父が決めた相手に黙って嫁ぐつもりだった。

だが、考えれば考えるほど、明るい将来《さき》が見えてこない。

ならば何もしないで不幸になるより、抗《あらが》ったほうがましではないか。そのほうが同じ結末を迎えても、きっと諦めがつくだろう。

向こうだって本心から札差の娘をもらいたいわけじゃない。九月の芝居をするためにも、この縁談を破談にできないかしら。

でも、一体どうやって？

才は内心頭を抱えた。

七

夏の川端は、やぶ蚊と嫌なにおいに悩まされる。

それでも、やぶ蚊は蚊やりを焚《た》けば多少しのげるけれど、嫌なにおいは打つ手がない。特に人の多い広小路では、時折すえたような生臭《なまぐさ》いにおいが辺りに漂う。

大雨の後、そのにおいはさらにひどくなった。濡《ぬ》れて使えなくなった畳や道具は、乾かないと燃やせない。仕方なくまとめて干しておくと、日を追うごとに腐ったにおいが強くなる。

とはいえ、どんなに臭かろうと、雨より晴れのほうがいい。お天道様《てんとさま》が出ないことには地べただって乾かないし、大工仕事もはかどらない。

六月十七日の大雨の後、幸い晴れが続いたおかげで広小路の人出も戻ってきたが、

「お澄さん、茶のお替り」

「はい、ただいま」

「お澄さん、俺《おれ》にもくれよ」

「はい、ちょっと待っててくださいな」

「お澄さん、俺の汁粉《しるこ》はまだか」

「あいすみません。ちょっとお待ちを」

六月二十二日の日暮れ時、澄に群がる客たちが先を争って声をかける。

澄は愛想よく返事をするものの、あいにく身体《からだ》はひとつしかない。短気な客が催促すると、他の客が気色ばむ。

「なんでぇ、その物言いは。お澄さんは見ての通り忙しいんだ。ちっとくれぇ待って

やれねぇのか」

「そう思うなら、おめぇこそ名指しで頼むなよ。すぐそこに暇な手伝いが突っ立っているだろうが」

「なんだと、この野郎」

「やるか、この野郎」

暑さのせいか、それとも嫌なにおいのせいか。あっという間に険悪になり、揃《そろ》って床几《しょうぎ》から腰を浮かせる。

渦中の澄は動じることなく、「やめてください」と間に入った。

「あたしが手早くできないせいで、お待たせしてすみません。他のお客さんの迷惑になりますから、ここはどっちも引いてくださいな」

両手を合わせて頼まれて、職人らしい袢纏着《はんてんぎ》の二人は再び床几に腰を下ろす。互いに相手を睨《にら》みつけ、澄に小声で謝った。

「お澄さん、すまねぇな。あの野郎が生意気な口を叩《たた》くから」

「ええ、ちゃんとわかっています。あたしのことを案じてくれたんでしょう」

「俺だってお澄さんのためを思って」

「ええ、もちろんわかっていますとも」

絵になる美人の微笑《ほほえ》みに、そばにいる男たちの鼻の下も伸びる。芹は澄の見事な客あしらいを感心しながら眺めていた。

澄が目当てでまめやに通う客は大雨の前もいたけれど、このところ急に数が増えた。登美に言わせると、急ぎ普請《ふしん》のせいだとか。

――この間の大雨で根太《ねだ》が傷んだり、塀が崩れたりした家屋敷があるじゃないか。金持ちは大勢職人を集めて、一刻も早く修繕を終わらせようとするんだよ。そうやってひとつ所に集められた大工や左官の中に、お澄さんがまめやで働いているのを見かけたやつがいたんだろう。

亀作と一緒になった当初から、澄は「亭主と不釣り合いな美人女房」として大工仲間に知られていた。実際、亀作の目を盗んで言い寄る男も多かったらしい。

――もちろん、お澄さんは身持ちが堅いし、うまくあしらっていたけどね。そんな人が亭主に愛想尽かしをして家を出たんだ。お澄さんの居場所を知れば、口説《くど》きにかかって当然さ。

だが、そういう事情なら、澄の亭主も女房の居場所を突き止めたっておかしくない。

「大丈夫ですか」と案じれば、登美が片頬《かたほお》で笑う。

――お澄さんを狙《ねら》っている連中だって馬鹿じゃない。目障《めざわ》りな元の亭主に居所を教えたりするもんか。うちの倅《せがれ》にもしっかり口止めしてあるしね。

　そうは言っても、人の口に戸は立てられない。本当は澄を休ませたほうがいいのだろうが、いまのまめやは澄の人気に支えられている。亀作を恐れ、稼ぎ頭を休ませるわけにはいかなかった。

　もし亭主が押しかけてきたら、あたしがお澄さんの盾になろう。力は男にかなわないけど、背丈はそれほど変わらないもの。

　芹はそう覚悟を決めてそばに控えているのだが、三十路《みそじ》の仲居上がりに隙《すき》はない。客同士が自分を巡っていがみ合っても、すぐに笑顔で収めてしまう。芹が下手にしゃしゃり出ると、かえって足を引っ張りそうだ。

　しかし、傍目《はため》には芹が怠けているように見えるのだろう。今日も非難めいた声が上がった。

「お芹ちゃん、何をぼうっとしてんだよ」

「そうだ。お澄さんばっかり働かせねぇで、手助けしたらどうなんだい」

　顔馴染《かおなじ》みの客たちが余計な差し出口をする。芹はわかっていない連中に冷ややかな目を向けた。

「あの人たちはお澄さんが目当てだもの。あたしの出る幕はないでしょう」

「そりゃ、そうかもしれないけどさ」

「いくらお澄さんがべっぴんでも、大年増《おおどしま》じゃねぇか。花の盛りの十六が脇《わき》にやられてどうすんだ」

どうやら、面白半分に芹をけしかけ、澄と張り合わせたいようだ。誰《だれ》がその手に乗るものかと、芹はすまして返事をした。

「あら、あたしは脇で十分よ。お客に追いかけられるのは性に合わないもの」

「そういや、お芹ちゃんにも娘客が大勢で押しかけてきたことがあったよな。娘一座の人気役者と勘違いされたんだっけ」

うっかり藪《やぶ》をつついて蛇を出し、芹はこっそり舌打ちする。仕方なく「その節は迷惑をかけました」と頭を下げた。

「あたしは見ての通り大女だから、背恰好《せかっこう》だけで勘違いされちゃって」

「あのときは、お芹ちゃんも災難だったな」

「運よく錦絵《にしきえ》が売り出されて、すぐに静かになったがよ」

「俺は絵草紙屋の店先でその錦絵を見たけどさ、どこからどう見ても男にしか見えやしねぇ。あんな男女《おとこおんな》よりお芹ちゃんのほうがべっぴんだって」

「ああ、俺も見た。しかし、酔狂な娘もいるもんだ。女が女にもてたって、いいことなんてひとつもねぇのに」

てんでに好き勝手なことを言う連中に、芹は愛想笑いで相槌《あいづち》を打つ。だが、腹の中で舌を出した。

おあいにくさま。男は女にもてたいのかもしれないけれど、女は男にもてたいと思っているとは限らないわ。

それに男女の何が悪いのさ。少女カゲキ団はみな望んで男の恰好をしているんだ。口に出せないことを腹の中でまくしたて、静のことを考える。自分が男女なら、静は女男《おんなおとこ》と言うべきか。

しかも、常日頃《つねひごろ》から女の恰好をして世間の目を欺《あざむ》いている。芹だってしがみつかなければ、静が男だなんて気付かなかった。

あの硬い胸は年頃の娘のものじゃないわ。そりゃ、あたしだって他人より大きいわけじゃないけどさ。

そう確信したものの、見た目だけなら静は立派な小町娘だ。身体が弱いと聞いていたから、育ちが遅いだけかとも考えた。

だが、本当に育ちが遅ければ、侍姿が似合うほど背丈が伸びるはずがない。何より大柄な芹を受け止めて、突き飛ばすだけの力もある。

いろいろ考え合わせれば、静は男としか思えなかった。

ならば、どうして男が女のふりをしているのか。

子供の頃ならいざ知らず、いつまでも隠しおおせやしない。お静さんの周りにいる人は誰も気付いていないのかしら。

いや、少なくとも静の両親と仁は知っているだろう。

だからこそ、仁は少女カゲキ団に入れることを反対したに違いない。芹が突き飛ばされたときだって、立ち去った静に代わって必死に言い繕っていた。

では、師匠《ししょう》の花円はどうだろうか。

弟子入りして日の浅い自分がおかしいと感じたくらいである。多くの娘たちに踊りを教えてきた師匠が気付かないとは思えない。

だとしたら、なぜ男と承知で少女カゲキ団に加えたのか。そんな訳ありの相手を引き入れれば、娘一座に火種を抱え込むようなものなのに。

いくら役者が足りないとはいえ、これじゃ娘一座に偽りありになってしまう。お師《つ》匠《しょ》さんは何を考えているのかしら。

十八日に見た意味ありげな笑みを思い出し、芹は知らず顔をしかめる。何かと疑問は尽きないが、師匠に尋ねたところでごまかされるに違いなかった。

橋本屋ほどの大店《おおだな》が息子を娘と偽る事情とはどんなものか。

客の「勘定」の声に応《こた》えながら、芹は暮れていく西の空に目を向けた。

——おめぇのような女々《めめ》しい男は男じゃねぇ。

——そいつは股《また》の間につくもんがついてねぇんだろう。

男が男を罵《ののし》るとき、よく「女のようなやつだ」と嘲笑《あざわら》う。女は男より劣っていて、一生半人前だから。

芹はかつて浅草の一座に預けられ、女児だとばれて追い出されたことがあった。

——おめぇは女じゃねぇか。

——一体どういう了見で、俺たちを騙《だま》しやがった。

——知らずに舞台に上げていたら、大恥をかくところだったぜ。

昨日まで親切だった人たちから問答無用で罵られ、六つの芹は泣きながら謝ることしかできなかった。その一座に芹を預けた父は、追い出されたことをきっかけに幼い娘と母を捨てた。

子供が進んで己の性を偽るとは思えない。静もきっと両親に女として生きることを強いられているのだろう。

だが、これからどうするつもりかと、他人事《ひとごと》ながら気になった。

すぐに芝居小屋を追い出された自分と違い、静は十五まで女として生きてきた。人《にん》別《べつ》だって女として届けられているかもしれない。

もしそうなら、橋本屋がお上を謀《たばか》ったことになる。

まさか一生、女として偽り通すつもりだろうか。せっかく息子を授かりながら、女の人生を押し付けるなんて実の親のすることか。

いいえ、実の親ならそんなことはしないはずよ。うちのおとっつぁんは根っからろくでなしの考えなしだけど、大店の主人はそれじゃ務まらないはずだもの。お静さんはもらいっ子に違いないわ。

しかし、娘が欲しかったのなら、女の子を養子にすればいい。男の子を引き取って娘として育てる事情なんて、ひとつも思いつかなかった。

またどんな事情があるにせよ、才や紅が静の秘密を知れば、きっと怒り狂うだろう。少女カゲキ団はもちろんのこと、東流からも追い出されてしまうはずだ。

心ならずも嘘《うそ》をつき、挙句、周りに責められる――かつて似たような思いをしただけに、芹は静が心配だった。だが、仁に「静の秘密を知っている」と切り出せば、かえって目の仇《かたき》にされそうだ。

いつの間にか時が進み、日没を告げる暮れ六ツの鐘が鳴り響く。それを合図に客たちはまめやの床几から立ち上がった。

「明日も朝から仕事か」

「そう嫌そうな顔をするなって。いまは大事な稼ぎ時だぞ」

「花火はいつになったら上がるんだろう」

「まだ川の水かさが多いからな」

「お澄さん、明日も寄るからよ」

「俺も顔を出すからさ」

「いや、おめぇは来るな」

「なんだとっ」

客たちはてんでに好き勝手を言い、勘定をすませて立ち去った。芹が湯呑《ゆのみ》を片付けていると、客を見送った澄が戻ってきた。

「やれやれ、今日も騒がしかったねぇ」

額の汗を手で拭《ぬぐ》い、きっちり合わせていた着物の衿《えり》を寛《くつろ》がせる。芹は「お疲れ様でした」と頭を下げた。

「でも、まめやとして大助かりです。お澄さんにはすまないけれど」

大工や左官は仕事が多く、いまは懐《ふところ》が温かい。心づけを渡す者もたくさんいて、澄はそれをすべて店主の登美に渡していた。

「あたしはちっとも役に立たなくて……本当にすみません」

「何言ってんのさ。あたしはお芹ちゃんの倍近く生きているんだもの。それにあたしを隠れ蓑《みの》に、本心じゃお芹ちゃんを狙っている客もいるんだよ」

にやりと笑って言われたが、芹は「まさか」と手を振った。

そんな客がいれば、とっくに声をかけられているはずだ――芹の言い分を聞いた澄は「わかってないねぇ」と苦笑する。

「世慣れた大年増には気軽にちょっかいをかけられても、真面目《まじめ》な十六の娘はそうもいかない。いずれ一緒になるくらいの覚悟がないと、なかなか声もかけられないのさ」

「それはお澄さんの勘違いです。あたしみたいな大女に惚《ほ》れる男はいませんよ」

「おや、そんなふうに思っていたのかい。ここんとこ物思いにふけっているから、さては思う相手ができたかと思っていたのに」

澄の口から出た言葉に、芹は驚いて目を剝《む》いた。

このところ何かにつけて考えるのは静のことだ。

男のことには違いないが、色恋の情は一切ない。「そんなんじゃありません」とかぶりを振っても、澄の口の端は上がったままだ。

「恥ずかしがることはないじゃないか。十六と言ったら、一番色恋沙汰《ざた》に興味のある年頃だもの。あたしだって覚えがあるよ」

「そりゃ、お澄さんはそうでしょう」

三十路のいまもこれだけ男が寄ってくる。十六のときはもっと言い寄る男が多かったろうと思っていたら、「おあいにくさま」と返された。

「あたしが十六の頃なんて、死んだ母親に代わって病がちの弟の世話に追われていてね。同じ町内に憎からず思っていた人だっていたけれど、人並みに身なりを整える暇なんてなかったよ」

どんなに元がよくたって、いつも寝不足で目が血走っている娘に言い寄るような男はいない。さらに思っていた相手が『あんな色気のない女』と澄を嘲《あざけ》っていると知り、さすがに涙がこぼれたという。

ところが、その男も本心では澄を思っていたらしい。

数年後、亀作と一緒になると決めてから思いを打ち明けられたと聞いて、芹は開いた口がふさがらなかった。

「だったら、何で陰口なんか」

「ねえ、お芹ちゃんもそう思うだろう。あたしもそれを聞いて、逆に思い切れたんだよ。男って本当に馬鹿だよねぇ」

笑いながらそう語る澄の口調に棘《とげ》はない。そして、昔を懐かしむような目つきで芹を見た。

「料理屋で奉公するようになったのは、弟が死んだ後なのさ。人並みに化粧の仕方や身だしなみに気を遣《つか》うようになったとたん、男たちが寄ってきてね。癪《しゃく》に障《さわ》ってひじ鉄ばかり食らわせたっけ」

そんな澄がどうして亀作という大工と一緒になったのか。芹が不思議に思ったとき、「お澄っ」と男の声がした。

「こんなところにいたんだな」

振り返ると、大柄で馬面《うまづら》の男が眉間《みけん》にしわを寄せて立っていた。日暮れてすぐに入れた提灯《ちょうちん》の灯《あか》りで、澄の顔色が変わったのが見て取れた。

この人がお澄さんのご亭主か。

他の客がいないときでよかったわ。

芹はそう思いながら、油断なく相手の出方をうかがう。もし暴れるようなことがあれば、何としても澄を守る覚悟だ。

登美も異変を察したようで、呼ばれる前に飛び出してきた。

「亀作さん、うちの店に何の用だい」

「お登美さん、お澄が世話になっているなら、教えてもらいたかったぜ。勇吉もこのことを知っていたのか」

語る口調は穏やかながら、登美を見る目は剣呑《けんのん》だ。

しかし、その程度で怯《ひる》むようなまめやの女主人ではない。「馬鹿言いなさんな」と鼻で笑った。

「お澄さんはあんたと別れたくて家を出たんだ。あんたも男なら、さっさと去り状を渡しておやり」

まるで遠慮のない言葉に、亀作の顔がいっそう険しくなる。二人のやり取りを見ていた澄が意を決したように口を開いた。

「おやすさんとお腹《なか》の子は順調なの」

「そんなこたぁ、おめぇの気にすることじゃねぇ」

浮気相手の寡婦《やもめ》の名は「おやす」と言うらしい。亀作は女房の口からその名を聞きたくなかったのか、叱《しか》るような勢いで遮った。

「あの女とはきっちり話をつけた。なあ、お澄。二度と馬鹿な真似《まね》はしねぇ。頼むから、戻ってきてくれ」

　驚いたことに亀作は店の前で膝《ひざ》をつき、そのまま土下座をしようとする。澄が怒って押しとどめた。

「人前で恥ずかしい真似をしなさんな」

「おめぇが戻ってくれるなら、土下座くれぇ何でもねぇ」

　亀作はそう言い張ってなかなか立ち上がろうとしない。強情な相手を澄が睨み、聞こえよがしにため息をつく。

「おやすさんと話をつけたと言うけれど、腹の子はどうするの」

「あいつには他にも男がいた。俺の子と決まったわけじゃねぇ」

　身勝手な男の言い分に芹は胸がむかついた。自分の父の万吉も母に似たようなことを言っていそうだ。

　澄も不快そうに眉《まゆ》をひそめた。

「でも、あんたの子じゃないとも言いきれないだろ。何より、あんたはずっと子供を欲しがっていたじゃないの」

「誰の子でもいいわけじゃねぇ。俺はおまえとの子が欲しかったんだっ」

　いきなり声を荒らげた亀作に、澄は唇を嚙《か》みしめる。芹はひたすら息をひそめて見守ることしかできなかった。

たった一度の戯《たわむ》れで望まない子を身籠《みごも》ることもあれば、お百度を踏んで祈っても身籠らない人もいる。子は授かりものだと言うけれど、神様も授ける先を少しは考えて欲しいものだ。

「ここじゃ落ち着いて話もできねぇ。お登美さん、こいつは連れていくからな」

「おまえさん、放して」

「亀作さん、勝手な真似をしなさんな」

このままでは埒《らち》が明かないと思ったのか、亀作が澄を強引に連れていこうとする。登美が慌てて引き留めるが、女の力では止められない。芹も亀作を止めようとしたけれど、勢いよく振り払われた。

「ちょっと待ってください」

「小娘の出る幕じゃねぇ。引っ込んでろ」

大柄な大工に睨まれて、芹が怯みかけたとき、

「嫌がっているではないか。放してやれ」

凛《りん》とした声に振り向けば、提灯の灯りを受けて頭巾《ずきん》の侍が立っている。芹はその声と姿形に覚えがあったが、にわかに信じられなかった。

どうして、お静さんがこんな時刻に羽織袴《はかま》で出歩いてんだか。橋本屋の箱入り娘はひとりで出歩かないんじゃなかったの。

もしも知り合いと出くわして、正体がばれたらどうする気だ。うろたえる芹をよそに、亀作はぶっきらぼうに言い返す。

「お侍さん、こいつは俺の女房でしてね。夫婦喧嘩《げんか》に余計な差し出口は控えておくんなせぇ」

「某《それがし》は武士として婦女子の難儀を見過ごせぬだけだ。まこと夫婦であったにせよ、男の無理強いはみっともないぞ」

一歩も引かない態度と言っていることは立派だが、静は亀作に比べてかなり小柄だ。頭巾のおかげで歳《とし》はわかりづらくとも、弱そうなことは明らかである。

お静さんが男らしく見えたのは、お才さんたちと比べたせいだったのね。このまま喧嘩になったらどうしよう。

芹は内心ハラハラしていた。

だが、どんなに弱そうな相手でも、亀作は二本差と事を構えたくなかったようだ。悔しそうに顔を歪《ゆが》め、「また来る」と言って、まめやから立ち去った。

さて、一難去ってまた一難。次は静を追い払おうと、芹は深く頭を下げた。

「どこのどなたか存じませんが、どうもありがとうございました」

わざと大きな声で言えば、頭巾の目元から見える男にしては細い眉が上がった。

どうせ頭巾をかぶるなら、もっと顔の隠れるものにすればいいのに。暗いから目立たないけれど、お天道様の下を歩いたら偽侍だとばれるわよ。

言いたいことはいろいろあるが、いまは一刻も早く帰って欲しい。芹の切なる願いは澄と登美に邪魔された。

「お侍様、本当に助かりました。お礼と言っては何ですが、うちの自慢の冷やし汁粉でもいかがでしょう」

「ええ、ちょうど客もおりません。一服していってくださいまし」

「二人とも、お引き止めしたらかえってご迷惑になりますって。お侍さんは甘いものなんて食べませんよね」

ここで頭巾を外されたら、隠していることがばれてしまう。芹は顔を引きつらせつつ、静を追い払おうとした。

なぜここにいるのかわからないが、長居をすると危ないことは本人もわかっているはずだ。これを機《しお》に立ち去るだろうと思ったのに、静はとんでもないことを言い出した。

「いや、某はお芹さんに話がある。客もいないようだから、しばらくお芹さんを借りてもよいか」

「ちょ、ちょっと」

慌てて遮ろうとしたものの、うまい言葉が出てこない。口をパクパクさせていたら、澄と登美が目を見交わした。

「あらま、お芹ちゃんも隅に置けないね」

「ええ、もちろん構いませんとも。お芹ちゃん、行っといで」

「………」

力なく肩を落とした芹は、広小路脇の稲荷《いなり》に静と向かった。

昼間も人の少ない稲荷裏は、夜になるとますますさびしくなる。芹は石灯籠《いしどうろう》のそばで立ち止まり、振り返って静を見た。

「それで、南条藩の高山信介様があたしに何の用ですか」

嫌みを込めて問いかけたが、相手はてんで悪びれない。すました態度を崩すことなく芹を見た。

「何の用か、察しはついているだろう」

もちろん察しはついているし、芹だって話したいと思っていた。

だが、こんな恰好でいきなり来られるのは迷惑だ。

「どうしてその恰好をしているの」

「ひとりで出歩くには、振袖《ふりそで》より男の恰好のほうが安心だろう」

だとしても、その恰好でよく橋本屋から抜け出せたものだ。

それとも、他の誰かが手を貸しているのだろうか。無言でじっと見つめていると、静がこちらに歩み寄る。

「それに口止めをするのにも、この恰好のほうがいいと思ってね」

男としての力を誇示するような言い草がひどく芹の癇《かん》に障った。

身体は男でも、ずっと女として暮らしてきたんでしょう。扇子より重いものを持ったことなんてないくせに、貧乏人をなめんじゃないわ。

腹立ちまぎれに思った瞬間、口から言葉が滑り出た。

「あら、何だか物騒ね。口止めって何のこと？」

我ながらしらじらしいと思いつつ、芹は明後日《あさって》のほうを向く。頭巾の隙間《すきま》から見える静の眉間が狭くなった。

「とぼけるつもりならそれでもいい。だが、余計なことを口にすれば、こっちも黙っちゃいない。少女カゲキ団の正体を世間に触れ回るから、そう思え」

いきなり痛いところを突かれて、芹は奥歯を嚙みしめる。

本当は親に偽りの性を押し付けられた静のことを案じていたのに、どうしてこうなってしまったのか。

これから一緒に芝居をするのに、仲違《なかたが》いをするのはまずい。芹は意地を張るのをやめて、「心配しなくていいよ」と請け合った。

「あんたが実は男だなんて誰にも言わない。それにしても、よくその歳まで世間を騙し通してこられたね」

普段の小町娘ぶりを思い出し、改めて感心してしまう。とはいえ、いつまでも続けられないはずだ。

「ねえ、お静さんはいま十五でしょう。あと一年もすれば、さすがに女のふりは難しくなるんじゃないの」

これから男に戻ったあと、身の振り方は決まっているのか。人別を偽っているのなら、別人になりすます必要もあるだろう。

つい昔の自分と重ねてしまい、芹の舌は止まらなかった。

「それにしても、男が少女カゲキ団に入って男の恰好をするなんてね。そんなややこしいことをしないで、さっさと男に戻ればいいのに」

遠からず芝居ができなくなる自分と違い、静なら人気の女形《おんながた》にもなれるだろう。妬《ねた》ましさ半分思ったことを口にすると、苛立《いらだ》ちもあらわに吐き捨てられた。

「うるさいっ、あんたに何がわかる」

「お静ちゃんの事情は知らないけどさ、あたしだって男の子のふりをさせられて、浅草の芝居小屋に預けられたことがあるんだよ。すぐに女とばれて追い出されたけど、そのときはつらい思いをしたから……」

女のふりは早くやめたほうがいい――芹がそう告げる前に、静に両手首を掴《つか》まれた。

その思いがけない力強さに芹は身を固くする。

扇子より重いものなど持ったことがないと思っていたのに。

女として育っていても、この人は男なんだ。

改めてそう実感したとき、静が耳元でささやいた。

「ほら、嫌なら振りほどいてみろ。遠野官兵衛《の》」

やけに艶《つや》めいた声に驚き、芹は思わず息を呑む。

こっちは身動きもできないのに、さらに手首を握る力が増す。痛みに歯を食いしばり、思いきり静を睨みつけると目が合った。

「どんなに男の真似がうまくても、あんたは女だ。こっちがその気になれば、力ずくで黙らせることもできんだよ」

うそぶく相手の双眸《そうぼう》は危険な光をはらんでいる。

ここで徒《いたずら》に逆らえば、取り返しのつかないことになりそうだ。身震いしながらうなずくと、ようやく静の手が離れた。

芹はすかさず後退《あとじさ》り、痛む手首を袖《そで》で隠す。文句を言ってやりたいのに、うまい言葉が出てこない。

一方、静は悪びれもせずに目を細めた。

「今夜のことは二人だけの秘密だよ」

最後にそう言い残して稲荷裏から立ち去った。

黒羽織の背中が闇《やみ》に紛れて見えなくなるまで、芹はまばたきさえできなかった。

八

「ああ、駄目だ、駄目だ。こんなんじゃ稽古《けいこ》になりゃしない。やる気がないなら、とっとお帰りっ」

六月二十八日の朝四ツ（午前十時）過ぎ、東花円は稽古場で弟子に扇子を投げつけた。

師匠に叱られるのは慣れっこでも、こんなふうに扇子を投げられるのは初めてだ。才が思わず身をすくませると、仁も険しい表情で師匠に続いた。

「お師匠さんのおっしゃる通りよ。お芹さんもお才ちゃんも今日は一体どうしたの。あたしとお師匠さんは寝る間も惜しんで語りと振り付けを考えたのに。てんで身が入らないなんて失礼だわ」

今度は名指しで責められて、才は気まずく目を伏せる。

芹も傍らで唇を噛み、紅は困り顔で師匠と才を交互に見やる。静は我関せずと言いたげにそっぽを向いた。

今朝、才が稽古所に来たときは、仁は上機嫌で師匠と話していた。声をかけると、うれしそうに「語りの文句ができた」と教えてくれた。

――語りの稽古はこれからだけど、納得のいくものが書けたと思うの。お師匠さんも果し合いの振り付けはできたそうよ。ああ、自害のほうはもうちょっと待ってちょうだいね。

うきうきした口調で語られて、才は正直面喰《めんく》らった。

あれほど自分が語ることを嫌がっておきながら、いざ文句ができたらすっかりやる気になっている。仁の変わり身の早さに呆《あき》れていると、他の面々もやってきてすぐに稽古が始まった。

――まずは、あたしが手本を見せよう。最初は水上竜太郎だ。

師匠はおもむろに立ち上がり、刀に見立てた扇子を両手で握って踊り出す。

振り付けを教えるためなのか、腕の振り、足の運びはゆっくりだ。命のやり取りをしている緊張感や、殺気のようなものは感じられない。それでも、師匠が扇子で斬り込む先に、遠野官兵衛の幻が見える気がした。

前に進み、後ろに下がり、握った扇子を振り下ろす。そして、五度目に振り下ろしたとき、師匠は「エイッ」と気合を入れた。

――ここで、官兵衛が討たれて倒れる。次は官兵衛の振りをやるから。

官兵衛は竜太郎に比べると動きが少ない。

振り下ろされる刃をギリギリのところでかわす恰好になるのだろう。仁の意を汲《く》んだのか、自ら斬りかかることはない。最後は斬りかかると見せて動きを止め、ゆっくり床に倒れ伏した。

——この二人の踊りに中間《ちゅうげん》が絡《から》むんだけど、まずは才花と芹で踊ってごらん。花紅は二人の踊りを見ながら、どう間に入るか考えるといい。

紅は後回しにされたと憤慨することもなく、「わかりました」とうなずいている。

そして、才と芹の二人で踊ってみることになった。

これと言って難しい所作のない、簡単な振り付けの短い踊りだ。師匠の叩く拍子に合わせ、いつもの才なら苦も無く踊り通せただろう。

しかし、動きはわかっているのに、なぜか芹と呼吸《いき》が合わない。才が芹に近づきすぎたり、逆に離れすぎたりする。次はうまくやろうと気を付けると、今度は芹の動きが遅れて才の扇子をかわし損ねる。

最初のうちは「初めてだから」と鷹揚《おうよう》に眺めていた師匠も、三度四度と同じしくじりを繰り返されたら、腹に据えかねるだろう。扇子を投げつけられて当然だった。

「飛鳥山では長い偽刀《にせがたな》で踊るのよ。扇子を使ってこの調子では、先が思いやられるわ」

「花仁の言う通りだよ。稽古場でまともに踊ることもできないようじゃ、人前でなんて踊れるもんか」

苛立つ仁の台詞《せりふ》に今度は師匠が大きくうなずく。

才は静の冷ややかなまなざしを感じ、心の中で歯ぎしりする。今日の稽古では立派に竜太郎を演じて、静の鼻を明かすはずだったのに。

それに、お芹さんはどうしたのかしら。弟子入りしたのは遅くとも、長年生垣の隙間から稽古を盗み見て踊りを覚えていたんでしょう。

目の前で教えてもらいながら、ちゃんと踊れないなんて。

自分の不出来は棚に上げ、才は横目で芹をうかがう。少女カゲキ団の稽古が始まってから、これほど調子の悪い芹を見るのは初めてだった。

あたしだって三千石との縁談さえなかったら、稽古に集中できたのよ。でも、そんな言い訳をお師匠さんにできないもの。

無言でうなだれる才と芹に仁の声が大きくなった。

「二人とも黙ってないで、何とか言ってちょうだい。あたしもお師匠さんも『仇討の場』をいいものにしようと必死なのよ」

いつも下がっている目尻《めじり》をつり上げて、仁が睨む。

何はともあれ、ここで稽古を打ち切られるわけにはいかない。才は「お師匠さん、すみません」と頭を下げた。

「次はきっと、ちゃんとやります。お仁ちゃんもごめんなさい。もう一度最初からお願いします」

十日前の稽古は大雨の後で流れてしまった。今日の稽古も駄目になれば、ますます稽古が遅れてしまう。

あたしは九月の芝居に出られるかどうかわからないけど、いまは水上竜太郎として踊らなければ。

才が心の中でそう唱えていると、師匠は睨むように芹を見た。

「才花はこう言っているけど」

「あ、あたしも次こそちゃんとやります。本当にすみませんでした」

芹も我に返ったように ひれ伏したので、師匠は仁に振り返る。

「こう言っているけど、花仁はどうする」

「……あたしからもお願いします。いまさら役柄は替えられません」

さも不本意そうな口ぶりに、才は思わず芹を見る。芹もこっちを見ていたので、二人の思うところは一緒だろう。

もう無様な姿は見せられない——そう腹をくって踊りだせば、どうにか最後まで通すことができた。しかし、何ともお粗末だった。

おまけに師匠の教えを受ける間も、芹はちらちら静を盗み見ていた。そのせいか、師匠の機嫌は上向かず、静が八ツ半に帰ってしまうと稽古はお開きになった。

「来月の稽古も今日と同じ有様だったら、その場で叩き出すからね」

最後に大きな釘《くぎ》を刺され、才と芹は頭を下げる。稽古所を出た四人はいつものごとく初音に行った。

「一体何があったのよ。お才ちゃんもお芹さんもおかしいわ」

二階の座敷に落ち着くなり、仁は怒りより心配が勝る声音で言った。紅も不安そうににじり寄ってくる。

「果し合いが踊りになって、お才ちゃんもやる気になっていたじゃないの。それなのに、今日の踊りは何なのよ」

才が言い訳できずにいると、仁が芹のほうを向く。

「お芹さんだってそうよ。果し合いを踊りにしようと言い出しておいて。そんなにお師匠さんの振り付けが気に入らなかったの？」

「……そんなんじゃないわ。あたしはただ……」

芹は困ったように言葉を濁し、ややして「ごめんなさい」と謝った。

「実は朝から具合が悪かったの。でも、十日に一度の稽古だからと無理をして来たせいで、かえって迷惑をかけちゃったね」

言われてみれば、芹の顔色は確かに悪い。目にはいつもの力がなく、稽古が終わったいまも落ち着きを欠いている。

では、静と仲違いしたせいで調子が悪いわけではなかったのか。才は「大丈夫？」と声をかけた。

「お芹さんはこの前も立ち眩《くら》みを起こしていたじゃないの。あれから十日経《た》っても具合が悪いなんて、医者に診てもらったほうがいいわ」

「具合が悪いと言っても、月のものが狂っただけだもの。医者に診てもらうようなことじゃないって」

恥ずかしそうに打ち明けられて、才は拍子抜けした。

すると、仁の矛先が再びこっちに向いた。

「それじゃ、お才ちゃんはどうしたっていうのよ。東流でも一番の踊り上手が、あんなみっともない姿を見せるなんておかしいわ。両親に少女カゲキ団のことがばれたわけではないんでしょう？」

とたんに紅の顔に怯《おび》えが走り、才は慌てて首を左右に振る。そして、さんざんためらった末に「ここだけの話だけど」と切り出した。

「御旗本《おはたもと》の跡取りとの縁談があって、おとっつぁんも乗り気なの。まとまってしまえば、あたしは九月の芝居に出られないかもしれないわ」

大まかなところを伝えれば、仁と紅の顔色が変わった。芹はピンとこないのか、目を白黒させている。

「お才ちゃん、それは本当なの」

「こんなことで嘘なんかつかないわ」

「で、でも、まだ決まったわけじゃないんでしょう」

「……うちのおとっつぁんのことだもの。どうなるかわからない話を娘にするとは思えないわ」

自分たちの歳を考えれば、あらかじめわかっていたことだ。

見込みの狂ってしまった仁が泣きそうな顔をする。

狂言作者として次の芝居にかける意気込みを知っていただけに、才は申し訳なくなった。

本音を言えば、才だって水上竜太郎を全《まっと》うしたい。

しかし、そのせいで大野屋が潰《つぶ》れるのは困る。万が一を考えれば、早めに少女カゲキ団から身を引いたほうがいいだろう。

「あたしが最初に言い出したのに……途中で抜けることになって、ごめんなさい」

破談にする手立てはないかとさんざん頭をひねったが、何も思いつかなかった。身勝手を承知で頭を下げれば、仁は慌てた様子で、「ちょっと待って」と遮った。

「お才ちゃんのことだから、縁談相手に少女カゲキ団のことがばれたら困ると思っているんでしょう。でも、落ち着いてよく考えてみて。お武家だからこそ、あたしたちの正体なんてばれっこないわ」

少女カゲキ団の評判は江戸の町娘を中心に広まっている。錦絵が売り出されて男にも知られるようになったが、武士は知らないはずだと仁は言った。

「特に身分の高い方ほど、少女カゲキ団なんて素人芝居は知らないわ。先走ってやめなくても大丈夫よ」

力強くそう言われれば、確かにそんな気もしてくる。

歌舞伎《かぶき》が好きで、屋敷に芝居小屋もどきを造った殿様の話は聞いたことがある。けれど、少女カゲキ団はあくまで女子供の素人芝居だ。微禄《びろく》の町方役人は知っていても、大身《たいしん》旗本とその家来は興味すら持たないだろう。

「それに大野屋のおじさんなら、お才ちゃんの嫁入り支度に力を入れるはずだもの。

花嫁衣装や道具を誂《あつら》えるのに、半年や一年はかかるでしょう。嫁入りなんてまだまだ先の話じゃないの」

「そ、そうよ。次の芝居は九月だもの。慌ててやめることはないわ」

紅にも必死で引き留められて、才は少々面喰らう。

いままで事あるごとに「少女カゲキ団をやめる」と言っていた紅のことだ。むしろ「お才ちゃんがやめるなら、あたしもやめる」と言い出すだろうと思っていた。

「あたしは金持ちのことはわからないけど……芝居でも町人上がりの奥方や腰元がよくいじめられているじゃないか。奥様暮らしになるならなおのこと、九月の芝居は出ておいたほうがいいんじゃないの」

自分でも案じていたことを芹に言われて、才の心が大きく揺れた。

それでも万が一を考えると、心が二の足を踏んでしまう。才は恐る恐る三人の顔を見回した。

「でも、このまま稽古を続けて、土壇場で抜けられても困るでしょう」

「いま抜けられても困るわよ。水上竜太郎は誰がやるの」

「それは……すまないけれど、お静ちゃんにやってもらって。高山信介はお仁ちゃんが演じてくれれば……」

仁に責められて苦肉の策を口にする。

紅が「そんなの嫌よ」と泣きそうな声を上げた。

「お才ちゃんが抜けるなら、あたしも少女カゲキ団をやめるわ」

ああ、やっぱりそうなるかと、才は顔をしかめる。さらに仁も「そんなのできるわけないでしょう」と目をつり上げた。

「あたしはお師匠さんの三味線《しゃみせん》に合わせて語りをするの。いまさら高山信介なんてできないわよ」

だったら、他の人を入れてちょうだい——とはさすがに言えない。黙り込んだ才に仁がますます勢いづいた。

「世間の人たちは、お才ちゃんの水上竜太郎を期待しているのよ。錦絵まで売り出しておいて、役者を替えるなんてできないわ。お芹さんもそう思うでしょう」

「え、ええ、あたしも水上竜太郎はお才さんにやって欲しい。お静さんは願い下げよ」

三人がかりでそう言われれば、才は言い返せない。結局、その日はいつもより早く家に帰ることになった。

大野屋への帰り道、才は傍らを歩く兼に話しかけた。

「ねえ、お兼はどう思う。あたしはこのまま続けて大丈夫かしら」

少女カゲキ団のことが親に知れれば、責められるのは兼も同じだ。いや、当の才より激しく責められるだろう。

「いますぐおやめになったほうが安心なのは間違いございません」

「そうよね」

「ですが、ここで半端《はんぱ》に投げ出せば、お嬢さんのことです。後々まで後悔なさると思います」

そばにいることが多い女中は才の気性をよく知っている。才はにわかに弱気になった自分が情けなくなった。

三月後に縁談の話が出たら、思い煩《わずら》わなくてすんだのに。神様はあたしにばかり意地が悪いわ。

そして、旗本との縁談を嫌って逃げた娘のことを考える。

いまごろどうしているだろう。一緒に逃げた板前と仲良く暮らしているんだろうか。それとも板前が悪党で、泣きの涙で暮らしているか……。

ため息をついて家に戻れば、母が呉服屋の手代と小袖雛形《こそでひながた》を開いて話をしていた。才が「ただいま帰りました」と声をかければ、上機嫌で呼び止められる。

「ちょうどいいわ。お才の着物を誂えようと相談していたところなの。ほら、これなんかどうかしら」

見せられた雛形は、川に色鮮やかな大小の紅葉《もみじ》が散る柄だった。才は何の感慨もなく「きれいね」と呟《つぶや》く。

「いまのお嬢様には少し大人びているかもしれません。ですが、将来《さき》のことを考えて、こういった柄はいかがでしょう。きっとお似合いになりますよ」

呉服屋の手代の愛想に才は黙って苦笑を浮かべる。母は「張り合いのない子ねぇ」と眉を寄せたが、すぐ雛形に目を戻した。

「特に文句はないようだし、一枚はこれにしましょう。帯はどうしようかしら」

「こちらの金糸を使った帯はいかがでしょう」

「あら、いいわね」

盛り上がる二人を残し、才はそっと部屋を出た。

七月になると、長屋や店の軒先に短冊《たんざく》を下げた笹竹《ささだけ》が現れる。

琴の稽古の帰り道、才は足を止めて短冊を見た。

――字がうまくなりますように。

――背が伸びますように。

――おっかさんの病がよくなるように。

――おとっつぁんの稼ぎが増えますように。

他愛のない願いから切実な願いまで、さまざまな短冊がつるされている。才は「あたしだったら」と考えた。

いま一番の願いは「縁談が壊れますように」に決まっている。もちろん、父に見られると困るから、短冊に書いて笹竹につるすことはできないが。

明日は七夕《たなばた》。

天の川を挟んで暮らす男と女の年に一度の逢瀬《おうせ》の夜だ。

思い合う二人が無事に会えることを願いつつ、才は雲の隙間から茜《あかね》色の光を放つ夕日に目を向けた。

あれから、娘の縁談について父も母も口にしない。

順調に話が進んでいるのか、それともうまくいっていないのか。詳しく教えて欲しかったが、父は教えてくれないだろう。

かといって、母に尋ねると藪蛇《やぶへび》になってしまいそうだ。

あと三月縁談相手と顔を合わせないのなら、このまま竜太郎を演じたい。ここで尻《しっ》尾《ぽ》を巻いて逃げ出せば、あの生意気な静が鬼の首を取ったように勝ち誇るだろう。

だが、もしものときを考えると、怖気《おじけ》づいてしまう。

この縁談話が出てくるまで、才は父がこの世で一番恐ろしかった。

少女カゲキ団の正体がばれたら、どれほど怒られるか——そう冷や汗をかく一方で、どんなに世間に騒がれても、父が何とかしてくれるという思いがあった。

町方に目を付けられたって、方々に顔の利く父のことだ。「娘のちょっとしたいたずら」として納めてくれると思っていた。

しかし、三千石が相手ではそうもいくまい。向こうの体面に泥を塗ったと言われれば、父だって手も足も出ないだろう。

あたしは隠れておとっつぁんに逆らいながら、いざとなれば、おとっつぁんに守ってもらう気だったのね。

我ながら情けないったらありゃしないわ。

これでは芹が言ったように、金持ちのお嬢さんのお遊びだ。自分に愛想をつかして家に戻り、汗で湿った着物を着替える。そのとき、小簞笥《こだんす》の引手の金具がゆらゆら揺れて音を立てた。

「あら、地震《なゐ》かしら」

ひとりごちて耳をすませば、わずかに地鳴りのような音もする。

才は急いで部屋を出たが、母屋《おもや》に変わった様子はない。台所に足を向ければ、奉公人たちはいつものように夕餉《ゆうげ》の支度をしていた。ちょっとした揺れや地鳴りくらいで騒ぐ者はいないのだ。

誰も気にしていないなら、たいしたことはないだろう。才はそのまま部屋に戻った。

翌朝は霞《かすみ》がかった曇り空だった。

これでは天の川を渡れないと開け放った障子《しょうじ》の向こうを眺めていたら、母が部屋にやってきた。

「この間、出先で雨に降られて、麻布《あざぶ》にある新光寺《しんこうじ》で傘をお借りしたの。すまないけれど、いまから返しに行ってちょうだい」

藪から棒の言いつけに才は目をしばたたく。

麻布なんて鄙《ひな》びたところに、母はどんな用があったのか。それに借りた傘を返すだけなら、女中に行かせればいいだろうに。

内心不満に思ったが、思ったことをそのまま言えば母の不興を買う。そこで、さも不安げに訴えた。

「あたしは麻布なんて行ったことがないし、今日は妙なお天気だもの。昨夜からかすかに地鳴りのような音も続いているし……おっかさん、その傘は今日返しに行かないといけないのかしら」

「ええ、長らく借りっぱなしにしたら、お寺だって困るでしょう。行き帰りは駕籠《かご》を使いなさい」

たかが傘を返しに行くために、わざわざ駕籠を使うなんて――才はますます不審を覚えたが、そこまで言われては逆らえない。仕方なく承知すると、母から誂えたばかりの絽《ろ》の振袖を着ていくように命じられた。

「あたしの名代《みょうだい》として行くのだから、先様に恥ずかしくない恰好をして行きなさい」

「……はい」

水浅葱《みずあさぎ》色の地に白い芙蓉《ふよう》の花が描かれた振袖と紺地に短冊を散らした帯は、母の見立てにしては地味である。寺という場所柄と時期を考えたのだろう。

傘を返しに行くだけなのに、仕立て下ろしの振袖を着ていくなんて。夏場は汗をかくから、すぐ汚れてもったいないわ。

腹の中で文句を言いつつ、才はおとなしく従った。

「この傘は御住職様のものだから、必ずじかにお返しするのよ。くれぐれも粗相のないように気を付けて、立ち居振る舞いはしとやかに。お兼、供を頼みますよ」

「はい、御新造《ごしんぞ》さん。お任せください」

あれこれうるさい母に、兼はいつものように頭を下げる。才は引っかかるものを感じながら、駕籠に乗って麻布に向かった。大事な寺の傘は兼が両手で抱えていくことになった。

麻布は江戸の南、芝増上寺《しばぞうじょうじ》の裏手に当たり、周りは田畑ばかりである。浅草から遠いこともあり、才は生まれて初めてこの辺りに来た。

おっかさんがこんなところに来るなんて……ここ最近、法事があったとは聞いていないけど。

才は周りの木々に目をやりながら、兼を従えて新光寺の山門をくぐった。

「恐れ入ります。札差大野屋の遣いの者ですが、御住職様はおいででしょうか」

供の兼が掃除中の小坊主に声をかける。すると、十二、三と思《おぼ》しき相手はびっくりしたような顔になった。

「あ、はい。どうぞこちらへ」

小僧に従って歩いていくと、本堂の前に立派な袈裟《けさ》を身にまとった僧が立っていた。明らかに待ち構えていたことが察せられて、才は眉をひそめる。

今日、傘を返しに行くことがあらかじめ知らされていたのかしら。でも、そのためだけに袈裟を身に着けるとも思えないけど。

母の態度といい、目の前の住職といい、何から何まで様子がおかしい。

とはいえ、自分の役目は傘を返せばおしまいだ。才は素早く思い直して、行儀よく頭を下げた。

「新光寺の和尚《おしょう》様でいらっしゃいますか」

「いかにも。そなたは大野屋のお嬢さんかな」

丸顔で恰幅《かっぷく》のいい住職は胡散臭《うさんくさ》い笑みを浮かべている。才は「はい」と答えて名を名乗った。

「才と申します。先日、母がこちらで傘を貸していただきましたそうで、ありがとうございます。本日は母に代わり、私がお返しに参上いたしました」

兼から受け取った傘を住職に差し出すと、相手はすぐに受け取った。

「それは、お手数をかけました。蔵前からは遠かったでしょう」

「とんでもございません。では、これで失礼いたします」

刻一刻と高まる嫌な予感に急《せ》かされて、才は踵《きびす》を返そうとする。と、住職に慌てて引き留められた。

「何をおっしゃる。はるばる来ていただいて、茶も出さずにお帰しするわけには」

「いえ、駕籠を待たせておりますので」

早くこの場を立ち去りたくて、才の返事がそっけなくなる。それでも、住職はしつこかった。

「ならば、当寺の百日紅《さるすべり》だけでも見ていきなされ。この寺は近所の者から『紅《くれない》の寺』などと呼ばれておってな。いまが盛りと咲いておる花を見逃してはもったいない」

そこまで言われては嫌とも言えず、才は住職の後についていった。

緑の木々の先に、薄紅色の花弁を連ねた百日紅が咲き誇っている。その枝もたわわな咲きっぷりに才は目を奪われた。

人に言えば、「たわわになるのは木の実だろう」と笑われそうだが、枝にびっしりと咲く百日紅の花には「たわわ」という言葉が似合う。なるほど、ここを見れば「紅の寺」と呼びたくなる。

散れば咲き　散れば咲きして　百日紅
加賀千代女《かがのちよじょ》がそう詠《よ》んだ気持ちがよくわかるわ。まだしばらく咲いているでしょうから、お紅ちゃんを誘って来てもいいわね。

才が夢中で花を見つめていると、「なるほど、美しいな」と呟く声がした。

住職とは違う男の声に、身を固くして振り返る。すると、間近に笠《かさ》をかぶった侍が立っていた。

近くに兼は控えているが、他に人影は見当たらない。才は身の危険を感じて立ち去ろうとしたのだが、

「待ってくれ。そなたは札差大野屋の娘だろう。私は秋本利信と申す」

相手の名を聞いたとたん、才の顔から血の気が引いた。

何かあると思っていたが、そういうことか。

道理でおっかさんが新しい振袖を着させたはずだわ。借りた傘を返すというのも単なる口実だったのね。

武家の見合いは知らないが、町人の見合いについては知っている。双方承知の上で花見の席や芝居茶屋ですれ違い、互いに紹介されるのだ。

時には娘が知らないうちに見分《けんぶん》されることもあるようだが、そういうときは男のほうも黙って立ち去ると聞いていた。

こんなふうに声をかけられたら、知らなかったことにできなくなる。臍《ほぞ》を噛む才に、相手が片眉を撥《は》ね上げた。

「その様子では私との縁談を聞き及んでいるようだが、安心いたせ。今日は正式な顔合わせではない」

「あの、それはどういうことでしょう」

正式な顔合わせでないのなら、なぜ声をかけたのか。とまどう才に利信は笑った。

「我が父は知らぬということだ。私がここの御住職にお願いして、大野屋に話を通してもらった。どうか身構えないでもらいたい」

そんなことを言われても、相手は大身旗本の嫡男だ。相手の機嫌を損ねれば、何をされるかわからない。

兼がさりげなく近寄ってきてから、才はおずおずと探りを入れた。

「あの、お供の御家来衆は」

「そんな者を連れてくれば、父にそなたと会ったことが知られてしまう。供など連れてくるものか」

「では、おひとりでいらっしゃったのですか」

「ああ、我が屋敷は青山にある。新光寺はすぐそばだが、お才殿は遠かっただろう。手数をかけてすまなかった」

才は相手の言葉を確かめるべく、さりげなく辺りに目をやった。すぐ見えるところには、武士らしき人影は見当たらない。

この人は何のために、あたしを呼び出したのかしら。見た目を知りたいだけなら、声なんてかけないわよね。

そんな思いで見つめていると、相手はおもむろに笠を外す。その端整な顔立ちに才は束《つか》の間《ま》息を呑んだ。

ひょっとしたら、遠野官兵衛はこんな顔をしていたのかも——そんな思いが頭をかすめ、才は目をしばたたく。

歳は二十歳《はたち》と聞いていたが、見た目はもう少し上に見える。秀でた額の下にある二つの目はまっすぐ才を見つめていた。

「わざわざ来てもらったのは、他でもない。お才殿の気持ちを聞きたかったからだ」

「えっ」

思いもよらないことを言われ、才は驚きの声を上げる。利信はひとつうなずき、今度の縁談について語り始めた。

「父はここ十年ほど無役の寄合《よりあい》でな。お役目に就きたい一心で、田沼《たぬま》様に近づこうとしている。そして、この度の縁組を大野屋に持ち掛けた」

つまり、賂《まいない》をつくるための手段というわけだ。

どうせそんなことだろうと思っていたが、まさか縁談相手の口から打ち明けられるとは思わなかった。

「無論、大野屋にとっても悪い話ではない。娘が大身旗本の正室になれば、無理無体を言う旗本たちに睨みが利くからな」

「……はい」

「だが、我が家に嫁げば、そなたは間違いなく苦労する。父は人一倍気位が高く、本音では町娘を跡取りの妻になどしたくないのだ。母はいまも反対している。我が家の家来や奉公人たちも、この縁談を知れば不満を漏らすだろう。表向きはそなたを立てるように見せて、裏では嫌がらせのひとつや二つはしてくるはずだ。それこそ芝居にあるようにな」

「………」

薄々そうではないかと思っていたが、はっきり言われると気が沈む。今度の縁組は双方に利があるものの、その懸け橋となる才は踏みつけにされるということか。

そんなことを言われても、あたしはどうしようもできないのに。あたしの気持ちを聞きたいってどういうことよ。

やり場のない怒りがこみ上げて、才は目の前に立つ利信を睨む。相手は気を悪くした様子も見せずに話を続けた。

「そのことを踏まえて、お才殿の本音を聞いておきたい。もし秋本家の嫁が務まらないと思うなら、いまこの場で申すがよい。大野屋から断ることはできぬだろうから、私が破談に持ち込もう」

「そ、そんなことができるのですか」

渡りに船の申し出に才は半信半疑で問い返す。

利信が困ったようにうなずいた。

「やはり、お才殿は我が家に嫁ぎたくなかったのだな」

「……私はただの町娘です。三千石の奥方様など務まるとは思えません。秋本様ご本人も町娘を妻にするなど不本意なのではありませんか」

でなければ、人知れず才を呼び出すとは思えない。才の切り返しに、なぜか利信は楽しげに笑った。

「期待を裏切ってすまないが、私はこの縁組に不満はない」

「心にもないことをおっしゃらないでくださいまし」

「いや、本当だ。なまじ家柄の良い娘は気位が高くて扱いにくい。表向きは従順でも、腹の読めない女を妻にしたい男などいるものか」

やけにきっぱり断言して、利信はさらに話を続けた。

「その点、そなたは町娘だ。大野屋がいかに豪商であろうとも、三千石の跡取りにうるさいことは言えないだろう。何より、そなたは美しい。その美しさだけでも十分娶《めと》る値打ちがあるではないか」

「でしたら、どうして私の気持ちをお尋ねになったのでしょう。その上、破談にしてやるなどと」

才のほうから破談にすることはできないが、利信だってたやすいことではないだろう。今度の縁談が秋本家の当主が言い出したものならば、その意に逆らってどんな利があるというのか。

疑いもあらわな目を向けると、利信が苦笑した。

「本人が家のためにどんな苦労も受け入れると言えば、私がとやかく言う必要はない。だが、その覚悟がなければ、そなたが不幸になるだけだ」

「では……私のために」

「そなたひとりのためではない。輿入《こしい》れして間もなく気鬱《きうつ》の病になどなられたら、世間の口が何かとうるさい。だから話が進む前に、そなたの気持ちを確かめておきたかったのだ」

利信は早口で言い捨てて、そっぽを向く。

素直ではない思いやりに満ちた言葉を聞いて、才の胸は大きく波打った。

いままでこんなふうに自分の気持ちを尋ねてくれた人はいなかった。いつだって上から押し付けられ、感謝を強要されてきた。

ここで自分が「嫌だ」と告げれば、利信は破談にしてくれる。

才は心おきなく九月の芝居に専念して、その後改めて親が選んだ相手に嫁げばいい。

武家との縁談が壊れたから、次は町人になるだろう。

だが、その人は利信のように妻となる女の気持ちを考えてくれるだろうか。そう思ったら、決まっていたはずの返事ができなかった。

さっきまで破談にできないかと頭を悩ましていたというのに、いざ破談にできるとわかったとたん、迷いが生じてしまうなんて。

でも、利信様がどんなにやさしくとも、周りはすべて敵だらけよ。そんなところで一生過ごす覚悟はあるの。

そう問いかける自分の声がして、才は子供のように泣きたくなる。ここで「嫌だ」と言えば、目の前の人には二度と会えなくなってしまうのだ。

踏ん切りがつかない才を見かねたように、兼が横から口を挟んだ。

「申し訳ありません。お嬢さんは突然のことに驚いて、心を決めかねているご様子です。少しお時間をくださいまし」

「では、今月の十五日まで待とう。それまでに気持ちを決めて、この寺の住職に返事を届けてくれ」

利信はそう言って寺を去り、才はその背中が消えても動けなかった。

「お嬢さん、どうなさるおつもりですか」

「……わからないわ」

家に戻れば、母に利信とのやり取りを聞かれるだろう。その前に自分がどうしたいのか、はっきりさせたいのに。

「お兼、お武家の暮らしはそれほどつらいものかしら」

「浪人の娘には三千石の暮らしなんて見当もつきません。でも、周りの嫌がらせやいじめから、あのお方なら守ってくださる気がします」

そんなふうに言われると、ますます迷ってしまう。才がしばし時を忘れて百日紅の前に立っていたら、

「あら、何かしら」

空からちらちらと白っぽいものが降ってくる。それが薄紅色の花につき、才は思わず目を眇《すが》めた。

「お兼、これは何かしら」

「さあ、何でしょう。粉？　それとも灰でしょうか」

二人で額を寄せ合ったが、こんなものがなぜ急に空から降ってくるのだろう。理由はとんとわからなかった。

その後、不気味な地鳴りはどんどん大きくなり、天から降る灰はますます量を増していく。夜には遠雷のような音がして、地面が揺れた。

その一連の出来事が江戸から遠く離れた浅間山《あさまやま》の噴火によるものだ——と江戸っ子が知るのは、七月半ば過ぎのことになる。

本書は時代小説文庫（ハルキ文庫）の書き下ろし作品です。

時代小説文庫
な 10-13

大《おお》江《え》戸《ど》少《しょう》女《じょ》カゲキ団《だん》㈢

著者　中《なか》島《じま》 要《かなめ》

2020年 11月18日第一刷発行

発行者　角川春樹

発行所　株式会社 角川春樹事務所
〒102-0074 東京都千代田区九段南2-1-30 イタリア文化会館

電話　03(3263)5247[編集]　03(3263)5881[営業]

印刷・製本　中央精版印刷株式会社

フォーマット・デザイン&シンボルマーク　芦澤泰偉

ISBN978-4-7584-4374-6 C0193

http://www.kadokawaharuki.co.jp/[営業]
fanmail@kadokawaharuki.co.jp[編集]　ご意見・ご感想をお寄せください。